JN178006

集英社オレンジ文庫

映画ノベライズ

honey

下川香苗
原作／目黒あむ

CONTENTS

～プロローグ～ 6
1 突然の告白 10
2 初めての笑顔 27
3 寄せあつめ 53
4 暗闇のなかで 72
5 けっこう好き？ 102
6 友達なのに 121
7 夢じゃない 144
8 わかってくれない 166
9 不吉な予感 185
10 対決 205
11 ふたりいっしょなら 232
～エピローグ～ 249

honey

映画ノベライズ ハニー

〜プロローグ〜

「俺がじゃまなんだろ⁉　だったら、ほっとけばいいだろ！　あの人のとこ、行けよ！　ふざけんな！」

母親にぶつけてきたことばが、頭のなかでリフレインしている。

テーブルや棚を蹴り倒して、コップやら皿やらを手当たり次第に投げつけたあげく、なにか言いたげにひき止める母親をふりはらって、アパートを飛び出してきたのが、数時間前のこと。

俺、なんで、こんなとこで、こんなことしてんだろ……。

陸橋の端にへたりこみながら、ふっとそう思ったとき、ずぶ濡れになっているシャツに赤いものがつたっていくのが目に入った。口のなかに、鉄のような苦い味がしている。体じゅうが、きしむように痛い。

時間の流れが止まったような、その逆にやたらと速いような、自分だけとり残されていくような感覚におそわれる。部屋を出てきてからまだそれほどたっていないのに、もう何日もこうしているみたいな気がしていた。

目を開けているのもつらくなってきて、うなだれて自嘲《じちょう》する。雨にうたれて、道ばたにへたりこんで、ばかみたいだよな……。


三対一の、殴《なぐ》り合いだった。

少し年上らしきやつらは、三人がかりで容赦《ようしゃ》なく殴りかかってきた。でも、一方的にやられていたわけじゃない。殴ったり殴られたり、蹴ったり蹴られたりをさんざんくり返したあと、リーダー格のやつに馬乗りになって、顔面に思いっきりこぶしをぶちこんでやろうとしたとき。一瞬早く、全身をこなごなに砕かれるような衝撃がふってきて、そして、気を失った。

近くに停めてあった自転車を頭の上からふりおろされたのだと、そうさとったのは目覚めてからだった。

三人組は逃げ去ったらしく、あたりにすがたはない。

雨に濡れたアスファルトを這《は》いずっていって、陸橋まで行ったところでへたりこんだ。あちこち激しく痛む。どこか骨が折れてるのかもしれない。さわってたしかめてみようとしても、腕がうまく動かない。

すでにうっすらと夕闇がおとずれていて、あたりに人通りは増えていた。でも、だいじょうぶかと声をかけてくる人も、足を止める人もいない。

家路を急いでいたり、仕事とか、買い物とか、みんなそれぞれに忙しい。

たまに、ちらりと目をやっていく人はいるけれど、眉をひそめるだけで通りすぎていく。傷だらけで道にころがっているやつになんか、かかわりあいになりたくないのはしごく当然のことだった。

ふりしきる雨に、だんだんと体が冷えていく。このまま体温がうばわれていって、だれにも知られず、ひっそりと息が止まるのかもしれない。

そんな考えが頭をかすめたとき、ふいに、顔をたたいていた雨が途切れた。

雨がやんだのかと思ったけれど、そうではなかった。いつのまにか、かたわらに赤い傘が立てかけられていた。

だらりとたれた右手の上に、そっと、なにかが置かれる。

痛む首を横へ向けると、ふりやまない雨のなかを、ずぶ濡れになりながら駆け去っていく後ろすがたが見えた。

手のなかに残されていたのは、小さな箱に入った絆創膏《ばんそうこう》。箱の表には、擬人化《ぎじんか》されたまるっこいミツバチの絵が印刷されている。

それを見つめているうちに、雨ではないものが頬をつたっていった。

つぎつぎに熱いものはあふれてくる。自分はまだ、こんなにも涙を流すことができたのかとおどろくほどに——。


それから、もうすぐ、一年がたとうとしている。


でも——。

記憶が色褪《あ》せることはない。少しも変わらず、胸深くに刻みつけられている。

今も手もとに残っている、あの赤い傘と、ミツバチの絆創膏とともに——。

1 突然の告白

私、小暮奈緒《こぐれなお》は、今日から変わります――！


今日からかよいはじめる、高校の正門前。

太い墨の文字で『入学式』と書かれた立て看板を見つめながら、奈緒は心のなかで、自分自身に向かって宣言をくり返した。

もう、ビビリでヘタレは、卒業します！

もう、怖い、無理、って言いません！

肝《きも》の据《す》わった、りっぱな女になります！

これまでの奈緒ときたら、慎重というよりも臆病。スリルなんてまっぴら。新しいものに挑戦なんてしたくない。いつもおどおどして、息をひそめるようにすごしてきた。そのために、小学校や中学校のクラスメイトたちから、どんなにからかわれたことか。つまんない子とあきれられ、弱虫、いくじなし、腰抜けと、さんざんに笑われて、ろくに友達もできなかった。

でも、今日からは高校生。

いつまでもこんなふうではいけない、しっかりしなければいけないと、ついに決意したのだった。

桜咲く、四月。

新しいことをスタートさせるには、もってこいの季節。

しかも、この高校には同じ中学校から進んでいる生徒も少ないから、これこそ性格を変える絶好のチャンス。ここで変身しなくて、いつするというのだ。

「……よし！」

奈緒は大きくうなずくと、ぐいっと顔をあげて、胸をそらして校門をくぐった。

めざすは、毅然《きぜん》として、おちついた大人の女性。

とりあえず雰囲気だけでもそうするべく、奈緒は背すじをのばして、肩先までのやわらかな髪をゆらしながら歩いていった。小柄《こがら》なので、あまり歩幅は大きくできないけれど、なるべくゆったりとした動きを意識して進んでいく。

満開の桜並木にふちどられた校庭には、奈緒と同じく、真新しいブレザーの制服に身をつつんだ生徒たちが行き交っている。

動作をゆったりさせると、なんとなく気分にも余裕がでてくる。うん、いい感じ、いい感じ。この調子でいってみよう、とはりきっていたのだけれど——。

中ほどまで歩いていったところで、奈緒の足が止まった。

なんだか騒がしいと思ったら、数メートルほど先で、男子生徒三人がケンカをしている。なにかどなってはぶん殴《なぐ》り、また別の生徒が声を荒らげては蹴りを入れる、といったことをくり返していた。

三人ともすさんだ感じがするけれど、そのうちのとくに背が高い男子生徒は、なんと、髪をあざやかな赤に染めている。

ふつうの茶髪でさえ、奈緒からすれば「うわぁ、髪染めてる！」とおののいてしまうのに、赤い髪。あんな恐ろしげな色に染めるなんて、もう、見るからに、〝100パーセント不良です！〟という印象だった。

奈緒は、ケンカが大きらい。見るのも、いや。自分では口論さえしたことがない。

ど、どうしよう……。

顔がひきつり、手足がこわばる。万が一にも、百万が一にも、ケンカなんかに巻きこまれたくない。さわらぬ神に祟《たた》りなしともいうし、まわれ右して、ぐるーっとできるだけ遠まわりしたほうがいいかも……。

と、後ずさりしかけて、思いとどまった。

いや、ビビリは卒業と決めたはず！　少々のことで顔色を変えたりしないのが、大人の女性というもの。びくびくしないで、ごくふつうに通りすぎていけば、たぶん、たぶんだけど、だいじょうぶ。

そう決めて、なるべく三人へ目を向けないようにしながら歩いていって、ちょうど横を通っていこうとしたとき。にぶい音が響いたかと思うやいなや、赤い髪の男子生徒がひときわ強烈なパンチをくらって、もんどりうって奈緒のいるほうへふっ飛ばされてきた。

うそっ、やめて、やめてーっ――！

などと、さけんでいるひまもなく、赤い髪の男子生徒は奈緒に抱きつくようなかっこうでぶつかって、そのまま二人して地面へ倒れこんだ。

ううっ、背中が痛い……と奈緒が眉間《みけん》にしわを寄せながら見あげると、まさに目の前、鼻と鼻がふれあうほどの距離に、顔があった。あの見るからに不良そのものの、髪を赤く染めた男子生徒の顔が。

目と目が、まともに合う。

至近距離で見ると、赤い髪の男子生徒はいっそう眼光鋭く、奈緒は一瞬で氷漬けにされたように身動きできなくなる。

「なにやってんだ、おまえら！」

騒ぎを聞きつけて、教師が駆け寄ってきた。

ケンカしていた残りの二人は、いち早く逃げ去っていく。教師は赤い髪の男子生徒をつかまえると、ひきずるようにしてつれていった。

校庭におだやかさがもどっても、奈緒はあお向けに倒れたままでいた。

「……怖い。……無理」

もう言わないと決めたはずのことばが、早くも口からこぼれてしまう。校門をくぐる前の意気ごみもうちくだかれて、奈緒はぼう然として起きあがれない。

クラス編成を掲示板でたしかめて、一年C組の教室へ入ったものの、さっきのショックがまだ尾をひいて、奈緒はなかば放心して自分の席でうなだれていた。あんな不良とぶつかってしまうなんて、スタート早々、まったくついてない。こんどこそやるぞ、とはりきっていたのに……。

背中をまるめて口を閉ざしている奈緒とは対照的に、教室の中には、あちこちで笑い声がはじけている。

同じ中学出身者や、席の近い生徒たちでおしゃべりしてもりあがり、新しいクラスには早くもいくつかのグループができつつあった。

だめだめ、これじゃいけない、と奈緒は小さく頭をふった。早くおしゃべりにくわわらないと。こういうことは、最初がかんじん。どんな学校生活になるかは、第一日めで、ほとんど決まってしまうものなのだから。

ビビリは卒業！　怖い、無理は、もう言わない！　あらためて心のなかでくり返して、くだけちった意気ごみをかきあつめる。

よし、いくぞ、と顔をあげた、その直後。

なにか白いものがぶつかってきて、反射的に奈緒はまぶたを閉じた。目をしばたたいてあたりをたしかめてみると、まるめたティッシュペーパーが床にころがっている。

「イェーイ、鼻、50点〜〜っ！」

かん高い笑い声が、奈緒の耳にとどいた。声のほうを向くと、女子生徒数人が少し離れた席で、奈緒を見ながらうす笑いをうかべている。

「なに？」

もんくあんの？　とばかりに、女子生徒の一人が奈緒をにらむ。

びくっと肩を上下させて奈緒は顔をそむけると、再び背中をまるめて、机の下で両手のこぶしをにぎった。だんだんと脈が速くなってくる。

これって……、もしかして、いじめ？

たいていの場合、ターゲットに選ばれるのに深い理由なんてない。顔が気にくわない、とか、なんとなく目ざわりだった、とか。ほんのささいなことから、いじめははじまってしまう。

な、なんとかしないと……。

おちているティッシュペーパーを体をこわばらせて見つめながら、奈緒は考えをめぐらせた。やめて、って言わないと。それとも、このままやりすごしたほうがいいのか。いや、やっぱり、いやだって言わないと……。などと、あれこれ考えても、結局、なにをすることもできない。

奈緒が抵抗しないと見てとったのか、女子生徒たちはうす笑いのまま、もう一枚ティッシュペーパーをとって、わざとらしく鼻をかむまねをしてみせる。それをまるめて、奈緒めがけて投げようとかまえたとき、

「――ダサ」

冷ややかな響きの声が聞こえてきて、ティッシュペーパーを持った女子生徒の手が宙で止まった。

奈緒が顔をあげると、教室へ入ってきたばかりの女子生徒がすぐそばに立っていた。

くだらないことしてんのね、といった表情でストレートの長い髪をかきあげる。色白で整った顔立ちをしていて、美少女というより美人。同い年とは思えないほど大人びた雰囲気をただよわせている。

「は?」

ティッシュペーパーをぶつけた女子生徒たちが顔をゆがめる。でも、長い髪の女子生徒はひるむこともなく、

「あんたたちも」

女子生徒たちを見返して、それから、

「だまってる、あんたも」

と、奈緒のほうを向いて言った。

ティッシュペーパーをぶつけてきた女子生徒たちの矛先《ほこさき》が変わった。目をつりあげて、長い髪の女子生徒につめ寄っていく。

「ちょっと、あんたねぇ、よくも――」

あたりの空気が一変したのは、女子生徒たちがどなりつけようとしたときだった。教室にあふれていた笑いやおしゃべりが、ふいに消えた。

みんな、強力な磁石でひっぱられたように同じ方向を見ている。

つられて奈緒もそちらを向くと、戸口に男子生徒が一人立っていた。その男子生徒が足を踏み入れると、クラスメイトたちがサッと左右に分かれて道を開ける。

むだな肉のついていない長身に鋭いまなざし。ブレザーはラフにはおっていて、ネクタイは胸もとまでだらりとゆるめてある。片耳にはシルバーのピアス。そして、あざやかな赤に染めた髪。

さっきの不良だ――！

すぐに奈緒は気づいて、急いで顔をふせた。かかわりたくない。とにかく、かけらもかかわりたくない。

ところが、その願いもむなしく、赤い髪の男子生徒は奈緒のいるほうへ向かいはじめた。クラスメイトたちが固唾《かたず》をのんで見守るなか、大きな足どりで進んでくる。やがて、奈緒の席の真横で足を止めると、おもむろに口を開いた。

「小暮奈緒」

名前、調べられてる――！

悲鳴をあげそうになったのを、なんとか奈緒はこらえた。呼びかけられたって、にこやかに返事できるわけない。が、赤い髪の男子生徒の鋭い視線がそそがれているのを、ピリピリと肌に感じる。

「ち、ちがい……、ます……」

奈緒は頬をすぼめて、くちびるをとがらせ、目を半開きにしながら顔をあげた。せいいっぱい人相を変えてみたものの、それでごまかせるはずはない。男子生徒と目が合って、あいまいに奈緒は顔をゆがめる。

教室じゅうの注目を浴びながら、再び、赤い髪の男子生徒は口を開いた。

「放課後、体育館裏で待ってる」

それだけ低く告げると、奈緒に背中を向けて、静まり返った教室から去っていった。

足音が廊下を遠ざかったところで、堰《せき》を切ったように、クラスメイトたちからざわめきがおこった。

「さっきの、D組の鬼瀬大雅《おにせたいが》だろ？」

「鬼⁉ すげー名前だな」

「今朝も、理由なく先輩に殴りかかったらしい」

「中学んときも、問題おこしまくってたんだってよ」

ひとしきり騒いだあと、つぎにクラスメイトたちの視線は奈緒へと集中した。

〝鬼〟に話しかけられていたやつ。つまり、あいつは〝鬼〟の仲間。そういうレッテルを貼り付けるように奈緒を見つめている。

ティッシュペーパーをぶつけてきた女子生徒たちでさえ、さっきとは、まるで態度が変わっていた。

「あの子、鬼瀬の友達なの？」

「やばっ、かかわんないほうがいいよね」

などと、小声でささやきあっている。

ちがいます、ぜんぜん関係ないんです！　偶然ぶつかっただけなんです！　そう釈明したかったけれども、もうだれも奈緒と目を合わせようとさえしなかった。


怖い、怖い、怖い……。

無理、無理。絶対、無理……。

放課後、奈緒はくり返しつぶやきながら、体育館の裏へ向かって、よろけるように足をはこんでいた。

時間が止まってくれないかと願っても、奈緒の都合などにおかまいなく時計は進んで、とうとう放課後になってしまった。ホームルームのあいだも、鬼瀬大雅との約束——というより命令のことばかり気になって、クラスメイトたちの自己紹介も、クラス担任になった教師の話もほとんど頭に残っていない。

怖い、怖い……。

〝鬼〟に二人っきりで会うなんて、絶対、無理。

わざわざ教室までやってきて、「体育館裏で待ってる」なんて、まるで決闘の申し込み。

どう考えたって、おだやかな用件とは思えない。

もう怖くて、怖くて、全身、震えていないところはないというくらい、どこもかしこも震えている。手も足も震えて何回もつまずいたし、頬も震え、くちびるも震えて、奥歯がカチカチ鳴っている。

せめて、二人きりでなければ助かる、だれかいっしょに行ってくれないだろうかと思ったけれど、すがるように奈緒がまわりを見まわしただけで、近くの席の生徒たちはいっせいに駆け去ってしまった。

このまま帰る、体育館の裏へ行かない、ということも考えた。

でも、もし、命令にさからって行かなかったりしたら、のちのち、もっとひどいことになるかもしれない。

だから、行くしかない。でも、怖い、怖い……。

震えながら歩いていくうちに、ついに、体育館の裏へ行きついてしまった。

赤い髪の人影がすぐに視界に入って、奈緒の足が止まる。とても近づけない。足が前へ進むのを拒否している。せめてまわりに人目があればと思っても、ほかに生徒のすがたは見あたらない。

立ちつくす奈緒をみつけて、鬼瀬大雅はゆっくりと歩み寄ってくる。身動きできない奈緒の正面へ、大雅は立った。

教室へきたときにも増して、大雅の形相《ぎょうそう》は険《けわ》しい。切れ長の目はますます鋭く、見る者すべてを焼きつくす強烈な光線を発しているかのようだ。怒っている。これは、やっぱり、相当怒っている。

原因があるとすれば、今朝のこと以外にはない。「おまえがじゃましたせいで逃げられなかったじゃねぇかー!」とか逆恨《さかうら》みしているのかも……。

そんなの私のせいじゃありません! と、抗議したくても、心のなかでわめくだけで口には出せやしない。

ふと視線をさげた奈緒は、大雅が右手を背中へまわしているのに気づいて息をのんだ。あきらかに、後ろになにか隠している。

まさか、ナイフとか――?

凍りついた奈緒へ、大雅は無言で一歩、さらにつめ寄ってくる。さっと右手が動く気配がして、奈緒は思わず目をつむって心のなかでさけんだ。

刺されるの? 三枚におろされるの? 天国のお父さん、お母さん、登校一日めにして、どうやら私もそちらに行くことに……——。

ところが、なにごともおこらない。ひとつだけ微妙な変化を感じて、奈緒は鼻をひくつかせた。

んっ？　なんか、いい香りがするような……？

おそるおそる、まぶたを開けてみると、目の前がまっ赤に染まっている。

それは、薔薇《ばら》の花束だった。

赤いリボンに飾られた何十本もの薔薇の花が、奈緒に向かってさし出されている。まばたきも忘れて真紅《しんく》の薔薇を見つめる奈緒に、大雅は告げた。

「俺と、結婚を前提につきあってください！」

「……え？」

今、なにか、すごいことを言われた気がするけれど、ピンとこない。奈緒はフリーズしている頭をけんめいに動かして、今の場面を再生してみる。

「つきあってください」——つまり、告白。好きです、と告げられたのだ。それも、「結婚を前提」付き。

ようやく事態を理解して、奈緒は声をあげた。

「え、え、えええええぇっ……⁉」

どうして、そういう展開になるのか。

てっきり、殴られるか、刺されるかもと思っていたのに……。いや、ナイフを出されなくてよかったのだけれど、あまりに予想外のことに、さっきまでとはべつの理由で身動きできない。

だって、どうして？　まさか、一目惚《ひとめぼ》れってこと？　ありえない。そんなこと、あるわけない。でも、ありえないことが、あってしまったのだ。

「返事は？」

大雅にうながされて、奈緒はわれに返った。

「あ、あの、えっと……」

返事なんて、迷うまでもない。「NO！」に決まっている。

ことわるのは、怖い。でも、いくらなんでも、入学早々はでにケンカして職員室に連行される人とおつきあいなんて、想像するだけでも恐ろしい。ここは思いきって、ごめんなさい、するしかない。

「私は、あの……、不良のかたは、ごめ……」

「……ごめ?」

その瞬間、さらに大雅の目がつりあがってギランッと光った気がした。それこそ、この世に切れないものはないほど鋭利な刃物のように。奈緒は震えあがった。だめだ。言えない。言えるはずない。ごめんなさい、不良はいやなんです、なんて言ったら激怒されて、こんどこそナイフが出てくるかもしれない。

奈緒はさとった。自分には、選択の余地などあたえられていない。早く答えないと、「遅いじゃねぇか!」とか殴られそうだ。

奈緒はがっくりとうなだれて、思っているのとはまったく逆のことばを押し出した。

「……よろしくお願いします」

これほどまでに気持ちとかけ離れたことばは、かつて口にしたことがない。奈緒は気を失いそうになりながら、さし出されている花束へ手をのばした。

優雅な香りがいっそう強く鼻先をかすめる。うけとった真紅の薔薇の花束は、鉛《なまり》でつくられでもしているように重たかった。

2 初めての笑顔

宗介《そうすけ》は壁にかけてある時計を見あげたあと、カウンターの中を右へ行ったり左へ行ったり、意味もなくメガネをいじったりした。

それから、カウンター席にいる客のタンブラーへ、たのまれてもいないのにポットで水をそそごうとする。

「ついさっき、入れてもらった。トイレ近くなっちゃうよ」

カウンター席にすわっている白衣を着た客、田崎和彦《たさきかずひこ》はそれを手で止めた。前に置かれたタンブラーにはすでにたっぷりと水が入っていて、持ちあげたらこぼれそうなほどになっている。

ここは奈緒《なお》の叔父《おじ》、宗介が経営しているカフェ、『フェリーチェ』。

この店名は、イタリア語で「幸せ」を意味している。

温かみのあるクリーム色の外壁と、ステンドグラスの入った白いドアが特徴的な造りで、表には季節の花々の寄せ植えがたくさん飾られていて、思わずひと休みしていきたくなる雰囲気がある。

店内には、マホガニーブラウンをした木製のカウンターにテーブルセット。昼間はブラインドごしに、窓から縞模様《しま》の陽射しがあふれる。黄昏《たそがれ》になれば、スタンドライトや天井からさがった丸いランプシェードの灯《あか》りが、ほんのりとあたりを照らす。まさしく店名のとおり、いつおとずれても、ゆったりとした幸せな気分にひたれる空間になっていた。

「奈緒ちゃん？」

どうして宗介がこんなにおちつかないのか、田崎には容易に察しがついた。

田崎は、この近くにある理容店『バーバータサキ』の店主。

九年前、宗介がこのカフェをひき継ぐために引っ越してきたときから、近所の人に紹介してくれたり、商店主の会合にさそってくれたり、なにかと親切にしてくれている。仕事の合間にはしょっちゅうコーヒーを飲みにきてくれて、今では、宗介の親しい友人になっていた。

「今日、午前中までなんで。ちゃんと友達できたかな、あいつ」

心ここにあらずといったようすで、宗介はランチに付け合わせるためのトマトを切りはじめる。

高校第一日め、奈緒がどうしているか、心配でいてもたってもいられない。できれば学校まで、いや教室の中までつきそっていきたかったけれど、それは奈緒から、「宗ちゃんはお店があるでしょ。ひとりでだいじょうぶだから！」と却下《きやつか》されてしまった。

「奈緒ちゃん、もう高校生だよ？」

過保護だねえ、と田崎はあきれて笑っている。

卒業や入学といった節目のたび、あるいは遠足や合宿といった行事のたび、宗介はこんなふうだった。「奈緒はちゃんとやれてるかな？」「はぐれて迷ってないかな？」などと心配して、ろくに仕事が手につかなくなってしまうのだ。

またいつものやつか、と田崎は内心あきれつつも、そわそわしてしまう宗介の気持ちもわからなくはない。

「まあ、あれだけかわいらしい姪《めい》っ子がいると、悪い虫がつかないか心配だねぇ」

田崎のそのことばに、ピクッと宗介が反応した。

「悪い……、虫？」

宗介はみるみる顔をこわばらせると、その虫を発見したかのように、手にしていた包丁を胸の前でかまえた。

「怖い！」

刃先をつきつけられて、田崎は体を後ろへひいた。

「目が怖いよ、宗介くん！　ダメ！　その顔、ダメッ！」

田崎がなだめても、宗介の耳には入っていない。そんな虫は切り刻んでやる、みじん切りにしてやる、とばかりのいきおいで、今にも包丁を持ったまま表へ飛び出していきそうになっている。

おちついて、どうかおちついて、と田崎がけんめいにおさえていたとき、ちょうど奈緒がドアを開けて入ってきた。

「おかえり〜！」

田崎が明るい声で迎えると、宗介もさっと包丁をおろして、

「おかえり」

血相変えていたことなど忘れたように、おだやかな微笑みをうかべてみせながらカウン

ターから出ていった。

「……宗ちゃあああん！」

宗介の笑顔を目にしたとたん、奈緒はいっぺんに気がゆるんで、泣く寸前になりながら駆け寄っていこうとした。たいへんなことになっちゃったよ、と早く宗介に話を聞いてもらいたい。

ところが、奈緒が宗介に泣きつくより一瞬早く、二人組の女性客が割りこんできた。

「ごちそうさまでした～！」

「おいしかったです～！」

二人は甘ったるい声を出して、宗介にすり寄らんばかりにしている。

「こんど、お休みの日にご飯でもどうですか？」

「よかったら、メッセージしてください」

などとさそって、宗介の手にメモをぐいぐい押しつける。宗介は、はあ、とか、いえ、とか言って、あいまいにうなずいている。二人組の気迫に圧倒されてしまって、奈緒はやりとりを見守っているしかできない。

「モテるんだよなぁ。前にも、声かけられてたっけ」

つっ立っている奈緒に、田崎がささやいてきた。

「やっぱ、カフェやってるってオシャレな感じするから？　バーバーじゃだめかな？　あ、美容師ならいいのか」

カリスマ美容師ってやつね、と田崎は笑ったが、反応がないのに気づいて奈緒の顔をのぞきこんだ。

「奈緒ちゃん？　どうした？」

ううん、と、奈緒は小さく首を横へふる。

女性客二人組は、なかなか帰ろうとしない。メモのつぎには、いっしょに写真を撮ってくれと宗介にせがんでいる。二人で交替しながら、宗介のとなりにぴったりとならんで、何回もスマートフォンに向かってポーズをとっている。

愛想のいい笑顔で撮影に応じたあと、二人組をドアまで送って、ようやくもどってきた宗介は奈緒の手もとに目をとめた。

「それ、どうした？」

薔薇《ばら》の花束を見て、宗介はいぶかしげに眉を寄せる。奈緒は隠すように、急いで花束を後ろにまわした。

「……もらった。こ、校長先生に！」

とっさにそう答えると、これ以上追及されないうちにと、小走りに店の奥にある階段へ向かった。

ここは住まいも兼ねていて、一階にはカフェ、それにビーズのれんをへだてて家庭用のキッチンと階段が併設されていて、二階はリビングや、奈緒の部屋、宗介の部屋などになっている。

「わかりやすい嘘だな」

田崎は奈緒を見送ったあと、宗介のほうへ向きなおると、思わせぶりに声を低くしてささやいた。

「男、かな？」

そのことばに宗介は顔をひきつらせて、それから、笑って首を横へふった。

「まさか」

それはないだろうと笑いながら、宗介は店の一角へ目をやる。

そこにはいくつかフォトフレームが置いてあり、奈緒の亡くなった両親の写真や、幼いころの奈緒の写真などが入っている。仕事中でもながめられるようにと、この店をひき継いだときから飾っているものだった。

自分の部屋へ入った奈緒は、体じゅうからしぼり出すような深いため息をついてから、ベッドへ倒れこんだ。

数時間学校へ行ってきただけなのに、ものすごく疲れた。帰り道がやたら長く、行きの何十倍にも感じられて、途中でへたりこみそうになったほどだった。

ベッドの上で、また深いため息がもれる。

少し顔を横へ向けただけで、通学カバンといっしょに机へ置いた花束が視界に入った。あざやかな真紅《しんく》の薔薇は室内でひときわめだって、ここにいるぞとばかりに存在を主張している。

とてもきれいな花束だけれど、これは悪名高い鬼瀬大雅《おにせたいが》の申し込みを承諾《しょうだく》した証拠なのだと思うと、ますます気分が重くなってくる。あんな恐ろしげな人とつきあうなんて、明日から、もうどうしたらいいのか……。

宗介に相談するつもりでいたのに、女性客二人組にはばまれたせいで話しそびれて、そのうえ、とっさにへたな嘘までついてしまった。今さら、じつは告白されたなんてうちあけにくい。

「……宗ちゃん、モテるんだ。ご飯、行くのかな」

天井をあおぐと、奈緒の脳裏に、愛想よく二人組に接していた宗介のすがたがよみがえってくる。

たしかに宗介は、近所の女の人たちからも評判良いし、地元の情報誌の記事などでも、『さわやかイケメンマスターが出迎えてくれるカフェ』なんて紹介されていたこともある。

たぶん、今まで奈緒が知らなかっただけで、さっき目撃したようなことはけっこうあるのだろう。

大雅からの告白、迷わずことわろうとしたのは、怖い人だからというだけじゃない。もうひとつ、理由がある。

ほかに、好きな人がいるから。

宗介に、ずっと片想いしているから。

これまでだれにもうちあけたことのない、秘めた想い。

母親の弟、血の繋がった叔父、というだけでもハードルが高い。

しかも、姉である奈緒の母親とは少し年が離れていたからまだ若いとはいっても、ひとまわり以上、年齢が上。

高校生になったばかりの自分では、ぜんぜんつりあわない。宗介にはきっと、さっきの二人組みたいな、もっと大人の女性のほうが似合っているのだろうけれど……。

でも、いつか、自分もおちついた大人の女性になって、宗介にふりむいてもらいたい。ビビリ、ヘタレは卒業、肝《きも》の据《す》わったりっぱな女をめざす、と決意したのは、そういう理由もあってのことだった。

両親が亡くなってから、九年間。

いつでも、どんなときでも、宗介はそばにいてくれた。

『宗ちゃんのお嫁さんになる』——幼いころから奈緒はそう決めていて、その夢は、高校生になった今でも変わっていない。


翌日、高校生活二日め。

大雅の告白のことで気が重くて、あまり眠れないうちに朝になってしまった。

真紅の薔薇は、部屋に置いてあるとゆううつでしかたないので、店のほうに飾ってもらってある。

睡眠不足でふらふらしながら奈緒は一階へおりていったけれど、キッチンをのぞいて、いっぺんに目が覚めた。

「おいしそー！」

ご飯とおかずを彩りよくつめた弁当箱が、ふたを開けてテーブルの上に置いてある。肉も野菜も入って、しっかり栄養を摂《と》れるように考えてあった。

商売柄《がら》とはいえ、宗介は料理のセンスがとても良い。

おかげで『フェリーチェ』は軽食もおいしいと評判で、とくに特製オムライスは絶品だと人気になっている。でも、たくさんの客にほめてもらえるのがうれしい反面、ひとりじめできなくて少しだけさみしい。だって、奈緒が一番好きな食べ物は、宗介がつくってくれるオムライスなのだから。

「ブロッコリーもちゃんと食べろよ。体にいいから」

宗介は弁当箱にふたをかぶせて、ナプキンにつつんでから小さめの保冷バッグへ入れた。

「宗ちゃんがつくってくれたものなら、体に悪くても食べる」

冗談っぽく奈緒が言うと、

「それはやめろ」

と、宗介は笑った。

昼は購買部でパンでも買えばいいやと思っていたのに、宗介はちゃんと用意してくれていた。中学校までは給食だったから、弁当を持つとピクニックへ出かけるみたいな気分がしてくる。

宗介はいつも、奈緒のことを考えてくれている。

このカフェがつづいているのだって、宗介のおかげ。両親が亡くなったときに、ほんとうならやめざるをえないはずだった。でも、それまで宗介はまったく別の仕事をしていたのに、いろいろ勉強して、店を再開させてくれたのだった。

両親が経営していたころと、ほとんど店は変わっていない。ゆったりと店内に流れる空気は、両親がいたときのままだ。

あのころ、奈緒はまだ幼かったけれど、朝、目が覚めて一階へ向かうと、すでに両親が店を開ける準備をしていたのをおぼえている。いれたてのコーヒーの香りがただよっていて、それを深く吸いこむと幸せな気分になれたものだった。

グラスとかこまかい物は買いたして変わったけれど、そのほかは、あのころと同じ。テーブルもイスも、窓のブラインドもスタンドライトも、宗介は同じ物を使いつづけてくれている。

「行ってきまーす！」

宗介手づくりの弁当を通学カバンに入れて、明るくあいさつして家を出たものの――。

店の前から離れたところで、再び、奈緒は肩をおとしてため息をついた。

登校すれば、となりのクラスの大雅と顔を合わせる確率は高い。それを考えると、はてしなく気分が重くなる。

やっぱり、ちゃんとことわんなきゃ……。

昨夜、いろいろ考えて、そういう結論に達した。ことわるのは、怖い。だけど、やっぱり、大雅とつきあうことはできない。

学校へついたら、D組へ行って、話があると告げよう。そう奈緒は決めた。どんなに怒られても、たとえ殴《なぐ》られたとしても、勇気を出して、あなたとはつきあえませんときっぱり言わなければ。

この試練をのりこえないと、宗介にふさわしい大人の女性にはなれない。

ビビリでヘタレは卒業する、と決めたはず。昨日の決意を思い出して、奈緒は背すじをのばした。

「鬼瀬くん、ごめんなさい」

奈緒は学校へ向かって足を進めながら、鬼瀬大雅がそこにいるつもりになって、ことわる練習をはじめた。大雅の鋭い眼光が見えた気がして足がすくみそうになったのを、けんめいにこらえてつづける。

「私、鬼瀬くんとは、つきあえません。私には、ほかに好きな人が……」

「おはよ」

突然、声をかけられて、奈緒は小さく悲鳴をあげて飛びのいた。

家を出て最初の曲がり角まで行かないうちに、電柱の陰から、大雅がすがたをあらわしたではないか。怖がるあまりに幻覚を見ているんじゃないかと思ったけれど、まぎれもなく本物、本人だった。

「おっ……、はよっ、ございますっ！」

いきなりのことに、声が裏返ってしまった。

家までおさえられてる――！

たまたま偶然通りかかった、なんてわけがない。待ちぶせされていたのだ。どうやって家までつきとめたのかと、奈緒はひそかに青ざめた。

「いっしょ、行こ」

「……え？　は、はいっ！」

大雅にうながされて、奈緒はおずおずと横へならんだ。

家を調べた方法は知らないけれど、ひとつ、わかったことがある。昨日も速攻で名前とクラスを調べてやってきたし、どうやら、考えていた以上に強く想われているらしいということだ。

どうして、私なんかに、そんなに——？

奈緒は信じられない。私が、一目惚《ひとめぼ》れなんてされるわけない。美人でもないし、さえない部類なのは自覚している。だから、信じられない。

でも、信じられないことだけれども、これで、ますます、つきあいたくありませんとは言いだしにくくなってしまった。

さっきまでの決意が、再び、あっけなくしぼんでいく。

だめだ、言えない。

怖い、無理……。

「ほら、あれ、鬼瀬ってやつだろ」

「あー、昨日、上級生殴ってたとかってやつ？」

「うわー、いかにもって感じ」

「あの子、彼女？」

大雅といっしょに校門をくぐると、居合わせた生徒たちが遠巻きにしながら口々にささやきあった。

このぶんでは、『鬼瀬大雅と小暮《こぐれ》奈緒はつきあってる』といううわさが、学年はおろか、学校のすみずみにいたるまで、あっというまにひろまるだろう。こうやって、ワンセットで見られるのかと思うと、頭の上からつぎつぎに重石《おもし》を積みかさねられていくみたいで押しつぶされそうになる。

ただ、大雅とはクラスはちがうから、このあとは放課後まで顔を合わせなくてすむ。と、少しだけホッとしていたら、

「昼、いっしょに食わないか？」

と、大雅からさそわれた。昼休みまで会うなんていやだ！　と思ったのに、

「は、はいっ。よ、よろこんで……」

などと、心にもないことを奈緒は答えてしまった。なんだか、昨日から、嘘ばかり口にしている気がする。

授業に身が入らないままに昼休みになってしまい、奈緒は教室まで呼びにきた大雅につれられて、中庭へ向かった。

二人きりの昼食とは、なんとも息がつまる。

もっとも、C組の教室にいても、ぽつんとひとりぼっちで弁当を食べることになりそうだったけれども――。

新しいクラスメイトたちは、あからさまに奈緒のことを避けている。いっぱい友達をつくろうと意気ごんでいたはずが、いまだに、休み時間にちょっとおしゃべりできる相手すらいないありさまだった。

ベンチにならんで腰をおろしたものの、共通する話題もない。しばらく二人ともだまっていたあと、

「これ……」

大雅は布につつんだ物を、奈緒にさし出してきた。なんだろうと思っていたら、

「小暮の分も、つくってきた」

と、大雅が言った。

宗ちゃんがつくってくれたのがあるのに、と思いつつも、奈緒はさからえずにうけとる。持ってきていた宗介の弁当は、ベンチの端へそっと押しやった。

奈緒は顔をひきつらせて、大雅から手わたされた包みを見つめる。

〝鬼〟がつくった弁当。

正直、いい想像ができない。まさか毒は入ってないだろうけれど、ご飯とおかずがごっちゃにつっこんであるとか、味つけがめちゃくちゃ、とか。でも、食べたくないです、などと言えない。

どんな恐ろしいものが出てくるかと、ビックリ箱を開けるようにびくびくしながら弁当箱のふたをとって、そして、目をみはった。

だし巻き玉子、タコ型ウィンナー、ミニハンバーグ、野菜の煮物、などが整然とつめられている。ひと口大に型抜きされたご飯の上には、薔薇の花をかたどって細工されたハムまでのせられていた。

料理雑誌にでも載《の》っていそうな、弁当のお手本といった感じのみごとな出来栄《できば》え。

手際《てぎわ》のよいマジックでも前にした気分で、つい奈緒は、弁当と大雅の顔を見くらべてしまった。

「なに？」

大雅がいぶかしげにする。

「いえっ……」

いけない、じろじろ見てしまった、と奈緒は急いで目をそらして、弁当のほうへ向きなおった。

「……お料理、お得意なんですね」

怒らせないように、機嫌をそこねないように、とことばを選んで答える。

「母さんと二人暮らしでさ。飯は俺がつくってるんだ」

「そう……、なんですね」

「つくってみたら、意外と楽しくてさ。で、うまい、って言ってもらえたら、うれしいし」

「じゃあ……、いただきます」

まだ少しためらいながらも、奈緒は両手を合わせてから、ミニハンバーグを箸《はし》でつまんで口へ入れてみて、思わず声をあげた。

「おいしいっ！」

味つけは濃すぎず、薄すぎず、ふっくらとやわらかく焼かれている。大雅の前で、初めて偽《いつわ》りなく、思ったとおりのことを口にした。

「そうかよ」

大雅の口もとが、ふっとほころぶ。

初めて目にした、大雅の笑顔。奈緒は箸を止めて、見入ってしまった。くったくのない笑顔が、まるで別人みたいだったから。

「単純かもしんないけど、俺、将来、調理師免許取って、店とかやんのもいいかなって思ってんだ」

表情がおだやかに変わったとともに、大雅の口調も、さっきまでよりずっとやわらかくなっている。

「すごい。夢があるんですね」

「夢っていうか、好きなことやれたらいいなってだけ」

照れくさそうに、大雅がまた微笑む。

「いや、でも、いいと思います！」

けっしておせじではなく、奈緒は本心から感心して、力をこめてつづけた。

「ほんとにおいしいし！　食べる前は、まずい、って言ったら殴られるかもって心配だったんですけど……」

あ、しまった、うっかりほんとのこと言っちゃった、と奈緒は肩をすくめたけれど、大雅は怒ることなく笑っていた。

「なんだよ、それ。そんなことで殴ったりしねーし」

「あの、でも……、殴ってらっしゃいましたよね」

ケンカしていたようすと、ていねいに作られた弁当が、どうにもうまく結びつかない。その気持ちと、こんなこと言うのはまずいかなという気持ちが混じって、少々おかしな敬語になってしまった。

「ああ……、あれは、あいつらが新入生にからんでたから」

「え？」

「もんく言ったら、逆に殴りかかってきてさ。だから、しかたなく」

「そう……、なんですか……」

はたして事実なのか、奈緒にはわからない。大雅が自分に都合よく説明しているだけかもしれない。でも、食べ物でまるめこまれたわけじゃないけれど、大雅の言い分を信じてもいいように思えた。

よく考えてみれば、ケンカの開始から目撃していたわけじゃない。みんなが「理由なく先輩に殴りかかったらしい」とうわさしていたから、そうなんだ、と鵜呑《うの》みにしてしまっていた。

「俺、もう、理由なく人を殴ったりしないって決めたからさ。意味なくケンカするやつなんか、きらいだろ？」

「……はい」

「小暮のいやがることはしない。悲しませるようなこともしない。小暮を、守る。約束する」

大雅のことばに、奈緒はとまどうばかりだった。

どうして、そこまで強く想ってくれるのか。へたなこと言ったら怒られるかもというおそれは消えつつあって、奈緒は思いきって、昨日から疑問だったことをたずねてみた。

「……なんで、私なんですか？」

「え？」

「だって、私なんて、ビビリで、ヘタレで、だれかに好きになってもらえるなんて、絶対無理だって――」

「そんなことない」

大雅はきっぱりとさえぎってから、ひとことずつ区切りながらつづけた。しっかりと奈緒に聞かせるように。

「小暮は、俺が、好きになった人だから」

大雅のことばには、まったく迷いはない。心底そう思っているのだと、奈緒にも伝わってくる。

「ほら、食べようぜ」

大雅は奈緒に微笑みかけて、自分も弁当に箸をつけはじめた。

となりで奈緒も、つづきを食べはじめる。

大雅の手づくり弁当は、どのおかずもおいしくて、昼休みが終わるころにはひとつも残さずに食べきっていた。

その日の放課後も、途中まで大雅といっしょに帰ったけれど、やっぱりやさしくて、さりげなく車道側を歩いてくれていた。

大雅のことを知るにつれて、最初とは、どんどん印象が変わっていく。

昼休みに目にした、明るい笑顔。

ケンカしていたときとは、まるで別人みたいだった。そのケンカにしても、上級生たちにからまれた一年生を助けるためだったとか。ただ、しかたなくにしても、殴り合いすること自体が怖いのだけれど……。

でも、外見から勝手に想像していた「100パーセント不良」なんていうのとは、たぶん、ちがう。

照れながら語ってくれた、将来の夢。

自分の得意なことをみつけて、それを仕事にまでつなげて考えているなんて、ほんとうにすごい。

奈緒の夢といえば、『宗ちゃんのお嫁さん』だけで、将来どんな仕事につきたいかなんて、ばく然と思い描いてみたことすらなかった。もう高校生だというのに、よく考えてみたら情けない。

それに、とてもおいしかった手づくり弁当。

家でも料理していると言っていたけれど、あの弁当を見れば、きっと母親のために、毎日いろいろ工夫した食事を用意しているのだろうと察しがつく。

奈緒ときたら、宗介が料理じょうずなのをいいことに、自分ではろくに火を使ったこともない。休日には店の手伝いをすることもあるけれど、トーストを用意する程度。それですら、ときどき焦《こ》がしたりして、宗介から「危なっかしいから無理すんなよ」と言われてしまっている。

「あ……！」

そこで奈緒は、ハッと思い出した。

宗介からわたされていた弁当。大雅の手づくり弁当のことばかり考えていて、食べずにカバンへ入れなおしたあと、すっかり忘れてしまっていた。


「おかえりー！」

ためらいがちに奈緒が店のドアを開けると、カウンター席にいた田崎が声をかけてきた。

「あ、こんにちは」

奈緒はあいさつをして、そそくさと階段へ向かおうとしたけれど、その前に宗介に呼び止められた。

「奈緒、弁当箱」

「あの、ちょっと……」

どう説明しようか、ことばにつまった。花束のこともうちあけていないから、昼休みのことも話しづらい。

「あの、お昼の前にお菓子食べちゃって、お腹《なか》いっぱいで食べられなくて。でも、夜食べるから!」

奈緒は早口で答えると、それ以上深くたずねられないように、宗介から目をそらしてその場を去った。

自分の部屋へ入ると、ローテーブルの上へ宗介の弁当を出して、その前へじっとすわりこむ。

今朝、家を出るときには、宗介の弁当だけが学校へ行く楽しみだったのに……。うっかりにしろ忘れていたなんて、自分でも信じられない。

3 寄せあつめ

高校生活がはじまって一週間ほどたっても、あいかわらず一年C組では、奈緒《なお》にはおしゃべりする相手の一人もいなかった。

なんとかきっかけをつくらなくてはと、登校して教室に入ると、奈緒のほうからクラスメイトに「おはよう」と声をかけるようにしても、聞こえていないかのように無視される。

そして、すぐに親しい生徒のもとへ行ってしまう。

新しいクラス内には、すっかり仲良しグループができあがっていて、奈緒の入りこめる余地などなくなっていた。

ところが、その朝はちがった。

奈緒があらわれるのを待ちかねたように、入学第一日めにティッシュペーパーをぶつけてきた女子生徒二人——伊藤玲奈《いとうれな》と宮内利香《みやうちりか》が話しかけてきた。

「ねえ、ちょっと」

仲良くしようというのか、それとも、またいじめをするつもりなのか。奈緒は身がまえたけれど、二人の目的はどちらでもなかった。

「あんた、マジで鬼瀬《おにせ》の女なの？」

と、玲奈はたずねてきた。

「え？　あ、えっと……」

奈緒が答えに困っていると、二人はさらに問いをかさねてきた。

「どこがいいの？　中身、クソなんでしょ？」

「弱みにぎられて、無理やりとか？」

奈緒の身を心配しているわけではない。かかわりあいにはなりたくないが、うわさの真相を知りたい。悪名高い鬼瀬大雅《たいが》の情報を知りたい。そんな好奇心をおさえきれずにいるだけなのだ。

「あの……」

ちがいます、と奈緒は言いたかった。「鬼瀬の女」はともかく、「クソ」という表現はまちがっている。でも、玲奈たちのように気の強い女子を前にすると、ビビリが顔をのぞかせてなにも言えなくなってしまう。

「だれがだれを好きになろうが、あんたたちに関係なくない？」

そう言って割りこんできたのは、このあいだと同じく、あの長い髪をした女子生徒——矢代《やしろ》かよ、だった。

「また、おまえかよ」

玲奈たちは大げさに顔をしかめて、かよをにらんだ。

「ってか、おまえこそ、関係ねーだろ」

玲奈の口調は強いが、かよに痛いところをつかれてひるんでいる。玲奈たちはそっぽを向くと、奈緒のそばから離れていった。

「あの……、ありがとうございます」

奈緒はためらいがちに、かよの席まで歩み寄っていった。

第一日めにも、かよに救われて、お礼を言わなければと思いながらも、なかなか話しかけられないでいた。

かよも奈緒と同じように、休み時間になってもおしゃべりもせず、窓の外をながめたりしている。でも、奈緒とちがうのは、それで少しもうろたえてはいないことだ。まわりからどんなふうに見られようと平気、という感じがする。もの静かなのに、かよには、まわりを圧するような雰囲気があった。

「べつに、あんたを助けたんじゃないから。ああやって、なにも知らないくせに口出ししてくるやつがきらいなだけ」

「鬼瀬くん、みんなが思ってるような人じゃないです、たぶん。見た目、ちょっと怖いけど、でも、やさしいんです」

するど、奈緒を見あげながら、かよはわずかに眉を寄せた。

「それ、あたしに言って、どうすんの」

「あ……、ですよね」

奈緒はそれ以上話をつづけられず、うなだれて自分の席へもどった。

かよに指摘されたとおりだった。大雅の弁護をするなら、玲奈と利香に対してこそするべきだった。そう思うのなら、今からでも二人をつかまえて、かよに言ったのと同じことを言えばいいのに、それもできない。

「ダサ」「だまってる、あんたも」——かよから第一日めに言われたことが、奈緒はずっと心にひっかかっている。

あのとき、かよが割りこんでくれなかったら、玲奈たちからはもっとしつこく何回もティッシュペーパーをぶつけられていたはずだ。それでも、たぶん、だまってされるがままになっていた。

それをわかっていながら、また今も同じことをくり返してしまっている。ぜんぜん進歩していない。

恥ずかしさ、情けなさに、胸がにぶくうずいている。

私はダサい、と奈緒は思った。

どうしようもない、ビビリで、ヘタレ。いじめられて抵抗もしない、自分の意見を口に出すこともできない。

ほんとうに私は、ダサいんだ……。

友達がいないと困るのは、おしゃべりできなくてさみしいことだけではない。学校生活のなかでは、もっと切実な問題がいくつもある。

たとえば、そのひとつが大きな行事のとき——。

「えー、では、まず最初に班を決めてもらいます」

前に立った教師が、そう言って生徒たちを見わたした。

今日の午後は、来週おこなわれる宿泊研修の説明会。長机がいくつもならべられた会議室には、一年C組、D組の生徒が集合している。

宿泊研修というのはキャンプのようなもので、バンガローとテントを使って泊まり、食事などもすべて生徒自身が用意をする。

自然のなかですごす体験をすることで、自然環境を守るたいせつさを感じたり、仲間との交流をとおして絆《きずな》を深める——といった趣旨《しゅし》らしいけれど、奈緒はこういった行事がにがてだった。

「班の決め方ですが、C組とD組は合同で、四人で一班をつくってもらいます。では、自由に班を組んでください」

教師から指示が出されると、すぐに生徒たちは立ちあがって動きはじめた。

「いっしょの班になろ」

「こっち、入って、入って」

あちこちから、はしゃいだ声のやりとりが聞こえる。

とりあえず奈緒は、大雅といっしょの長机にすわったものの、それきり困ってしまった。おしゃべりの相手すらいないのに、班を組もうとさそいあえる生徒などいるわけない。あせりながら見まわしているうちに、あっというまに時間がすぎていく。

「だいたい、決まったかー？」

前に立った教師が声をかけたときには、生徒たちはすでに四人ずつであつまり終えて、班ごとにかたまってすわっていた。

奈緒が行事をにがてな理由は、まさにこれだった。

遠足とか、修学旅行とか、遠出する行事は班行動がほとんどだけれど、奈緒はたいていグループ分けでとり残されてしまう。だから、ほかの生徒には楽しみでも、奈緒にとってはふだんの授業よりも気が重い。

「じゃあ、班、まだ決まっていない人、手、挙げてー」

教師の指示にしたがって、奈緒はのろのろと片手を挙げた。長机の向こうで大雅も手を挙げる。

またこうなっちゃったな……。

覚悟していたとはいえ、ため息がもれる。悪いことをしたわけではないのに、肩身がせまくて背中がまるくなる。

小学校、中学校のときも、最後までとり残されると、こうやって手を挙げさせられて、「小暮《こぐれ》さんを入れてくれるグループないですかー？」と担任教師がクラスに呼びかけたものだった。

自由に班を組んでいいというのは、学校としては、楽しい行事を気の合う者どうしで行動させてやろう、とか、生徒の自主性を重んじよう、という配慮なのだろう。でも、仲良しグループがない生徒にとって、これはつらい。

ところが、あまっているのは二人だけかと思っていたら、ほかにも手が挙がっていた。一人は、矢代かよ。でも、奈緒とちがって、かよはいつもと変わらずおちついていて、班なんかどうでもいいし、なんなら自分一人だけでけっこう、とでも思っていそうな表情をしている。

それから、もう一人。

大雅と同じD組の男子生徒が手を挙げていた。少しくせっ毛をした、おとなしげな印象の男子生徒。みんなの前で挙手させられたのを恥じてか、眉間《みけん》にしわを寄せ、くちびるをきつく噛んでいる。

「じゃあ、そこ、四人。決まりだな」

教師が指示すると、そこかしこで笑いがおこった。

「ぼっちグループ」

「寄せあつめじゃん」

などと、ささやきあっている。

あざ笑う声にかまわず、かよは奈緒たちのほうへやってくる。

けれども、D組の男子生徒のほうは動こうとしない。泣くのをこらえるように顔を大きくゆがめると、やにわに立ちあがって戸口へ向かった。

「三咲《みさき》！　おい！」

大雅が呼びかけても、その男子生徒——三咲渉《あゆむ》は止まらない。大雅が追っていき、奈緒も少しためらってから、そのあとについていった。

追われているのはわかっているはずなのに、三咲はふり向こうともしない。会議室を出て、渡り廊下を途中まで行ったところですがたを見失ってしまい、奈緒と大雅は追うのをあきらめた。

「あいつ、中学までカナダにいたらしくて、クラスになじめないっていうか、なじもうとしないで、つっぱってんだよ」

三咲が去っていったほうを見ながら、大雅はそう説明した。

「そう、なんだ……」

「ほんとは、それでいいわけないくせにさ」

三咲のことが気になってしかたないらしく、大雅はなかなかその場からひき返そうとはしない。

泣きそうになっていた三咲の顔を思い出すと、奈緒の胸も痛んだ。

学校という場では、異質なものは敬遠されがちだ。いろいろ習慣もちがうだろうし、外国暮らしが長かったとなれば、それだけで奇異の目で見られてしまうかもしれない。

会議室にいられなくなった三咲の気持ち、奈緒にもよくわかる。この子は仲間はずれなんだと、さらし者にされたようなものだから。

でも、奈緒には、不満を行動にあらわして、その場から立ち去るなんてできなくて、だまって身をすくめているだけだったけれども――。

宿泊研修、だいじょうぶかなあ……。

放課後、帰り道をたどりながら、奈緒は班決めのことを思い出していた。

「寄せあつめ」――認めるのは悲しいけれど、そのとおりだった。

奈緒は三咲としゃべったこともないし、かよは、三咲はもちろん、大雅とも話したことがないはず。おまけに三咲は、班決めに腹をたてている。研修中は班行動が中心なのに、こんな調子ではどうなることやら……。

でも、鬼瀬くんが同じ班なのがせめてもの救いかなあ、と奈緒は思った。以前は、とにかく怖くて、怖くて、一秒だっていっしょにいられないと思っていたのに、自分でもふしぎだけれど……。

今日は、大雅のいいところ、意外な面をまたひとつ、みつけた。

三咲がクラスになじもうとしていないこと、よく理解しているようだった。たぶん、前々から気にかけて、心配してようすを見ていたのだろう。

そんなことを考えながらゆっくり歩いていって、『フェリーチェ』が視界に入ったところで、ふと、奈緒の足が止まった。

ちょうど店のドアが開いて、すらりとした女性客が一人出てきた。

黒髪をあご下くらいのきれいなボブカットにしていて、姿勢が良く、利発そうで、できる女っぽい雰囲気がある。

するとつづいて宗介《そうすけ》も出てきた。

わざわざ外まで見送りに出るなんて、あまりないことだ。このあいだの二人組の客みたいに、また、いっしょに写真を撮ってくださいとか、食事にさそわれたりとかしたんだろうか。

「ごめんね、突然きちゃって」

「いや、わざわざ、ありがとう」

宗介と女性客は横へならぶようにして、微笑みながらことばを交わしている。

「近い……」

奈緒の口から、つぶやきがもれた。宗介と女性客の距離が、妙に近いように感じる。二人組にも宗介はにこやかに接していたけれど、あのときとは雰囲気がちがう。もっとうちとけた感じがただよっている。

女性客がこちらを向いて、顔が正面からよく見えたとき、奈緒は前のめりになって目をこらした。

「あの人……」

確信はないけれど、あの女性客には見覚えがある気がする。奈緒は急いでスマートフォンを向けると、女性客の顔にズームアップしてシャッターを押した。盗み撮りなんて気がとがめるけれど、どうしても確かめずにはいられない。

その夜。

宗介がまだ一階にいるのをみはからって、奈緒はスマートフォンを片手にリビングへ向かった。こっそり撮影したのを後ろめたく思っているせいか、そんな必要もないのに、つい忍び足になってしまう。

リビングの棚にならべてあるアルバム数冊をとり出して、奈緒はローテーブルの上でひろげた。

そのうちの一冊は、宗介用のアルバム。

硬い台紙を一枚ずつめくっていって、なかばあたりで手が止まった。

宗介をふくめて、十人ほどがならんでいる写真。全員、そろいの作業着すがたで、ＩＤカードらしき物を首からさげている。

横には、その中の一人と宗介のツーショットも貼ってある。

ほかには、もっと多人数で撮った集合写真などもあって、後ろにはとても大きな機械のようなものが写っていた。はしごに似た鉄骨をたくさん組み上げたもの。いつだったか、これはなんなのかと宗介にたずねたとき、「ロケットの発射台だよ」とおしえられたことがある。

ツーショットに、奈緒は目をこらした。

二人はおどけて笑って、とても楽しげに写っている。盗み撮りした画像をスマホに表示させて、宗介のそばにいるその女性と見くらべてみた。やっぱりこの人だ、と奈緒は確信した。髪型などは変わっているけれど、まちがいない。写真の中の動かない笑顔を、じっと奈緒は見つめる。

「奈緒？」

びくっと肩をすくめて顔をあげると、宗介が戸口からのぞいていた。写真に気をとられていて、宗介が二階へ上がってきたのに気づかなかった。

「今日、学校どうだった？」

エプロンのひもをほどきながら、宗介はリビングへ入ってくる。盗み撮りの画像を切り換える余裕もなく、とっさに奈緒はスマホをソファーの座面へふせて置いた。

不自然な動きを、宗介はちらりと横目で追う。が、それを追及はせず、テーブルの上へ目をうつした。

「どうした、アルバムなんか見て」

「あ、ちょっと……」

迷ったけれど、奈緒はツーショットを指さした。

「あの、この人がお店から帰るとこ見かけて。見覚えがあるな、って思って」

「──ああ」

宗介は写真をじっくりと見ることもなく、軽くうなずいて言った。

「昔の職場の同僚だよ。会ったこともあるよな？　九年近く前だけど、店で。奈緒のこと、おぼえてたよ」

「へ、へえ……」

昔、店で会ったというのは、奈緒のほうはおぼえていない。そういえば、宗介が店をひき継いだころ、宗介の友達や知り合いなどが何人もはげましにきてくれていたような気はするけれど……。

「昔の仕事仲間、なんだ」

奈緒はうなずいてみせたけれど、納得しきれてはいなかった。

九年もたっているのに、昔の同僚がわざわざたずねてくれるだろうか。近くにほかの用事でもあって、ついでに店へ寄ってみただけ、とか？　とても親しげに見えたけれど、どんな話をしていたの？

つぎつぎに湧いてくる問いを、宗介に向けてみようか。奈緒がためらっていると、ふいに宗介が身をのり出すようにしてきた。

宗介の顔が、間近に迫っている。

「え？　な、なに……？」

とまどって体をひいた奈緒を、宗介は無言で見つめてから、静かにつぶやいた。

「奈緒、姉さんに似てきたな」

「え？」

「奈緒が生まれたころ、ぜんぜん自分に似てないって、姉さん、すごいブーブー言ってたんだよ。女の子は父親に似るからって、俺がいつもなぐさめてた」

「……そう、だったんだ」

奈緒の知らない、母親のことば。

父親とも、母親とも、もっともっといろいろ話したかった。その望みはもう、けっしてかなうことはない。でも、こうやって、宗介をとおして今でも、母親の想いにふれることができる。

おだやか光をたたえるまなざしで、宗介は奈緒に微笑んでいる。きっと、奈緒の向こうに、奈緒の母親の——姉の面影《おもかげ》を見ているのだろう。

どれくらい母親に似ているのか、奈緒は自分では判断がつかない。

六歳で死別して、もう九年。

じつのところ、両親がどんな顔だったか、どんな声だったか、すでに記憶の輪郭《りんかく》はぼやけている。残された写真をながめては、そうだ、お父さん、お母さんはこんなふうだった、と再認識しているのだった。

「ありがと」

アルバムをめくる奈緒の口もとに、小さく笑みがにじんだ。

「え?」

「考えたら、私、今まで、自分が独りだって思ったこと一度もないな、って思って。お父さんとお母さん、死んじゃったけど、宗ちゃんが代わりにそばにいてくれたから……」

いつの日も、家へ帰れば、かならず宗介が笑顔で迎えてくれた。だから、永遠に両親と会えなくなってしまっても、たとえ学校で仲間はずれにされても、奈緒は毎日をすごしていくことができた。

「俺は、前の仕事ぜんぜん向いてなかったから、のんびりカフェやれてよかったよ」

宗介も微笑んで、小さく首を横へふる。

「でも……、ありがとう」

どれだけお礼のことばをかさねても、とても言いつくせない。宗介は微笑みを深くしながら奈緒の頭をなでて、リビングから出ていった。

再び一人になると、奈緒は宗介用のアルバムを閉じて、別のアルバムをひろげた。

奈緒用のアルバムの第一冊め。

生まれたときからはじまって、幼いころの奈緒の写真がおさめてある。幼稚園のスモックを着た写真。店の前で両親とならんでいる写真。小学校の入学式、運動会。

子ども用自転車にまたがっている写真をみつけると、ふっと奈緒の口もとがほころんだ。補助輪なしなんて怖くて絶対いやだ、と奈緒はわめいて、乗れるようになるまでずいぶん時間がかかった。

「怖いぃいいいーっ！　無理ぃいいいーっ！」——近所の公園で練習をはじめたものの、奈緒は停まっている自転車にまたがっただけで震えてしまい、通りかかった人が不審がりそうなほどの声をあげた。

「だいじょうぶだ！　俺がちゃんと押さえててやるから！」

宗介は荷台に両手をかけながら何回もそうさけんで、奈緒をなだめ、はげまして、根気よくつきあってくれたのだった。

そんなふうに宗介は、いつも奈緒をささえてくれた。

両親が亡くなってからも、奈緒用のアルバムでは、途切れることなく写真が増えつづけている。それは、宗介がそばにいて、奈緒の成長の記録を残してくれているからにほかならなかった。

4 暗闇のなかで

どうなることやらと気をもむうちに、週が明けて、宿泊研修の日がやってきた。

「忘れ物ないか？　ぜんぶ持ったか？　向こうに着いたら知らせろよ。あ、夜にも、かならず一回は連絡入れるんだぞ」

あれこれと念を押す宗介《そうすけ》に見送られて、奈緒《なお》は家を出た。

学科の授業から解放されるためか、クラスメイトたちは出発前からはしゃいで、笑い声をはじけさせている。

三咲《みさき》は欠席するんじゃないかと心配していたけれど、遅刻もせずにやってきた。

ジャージを着て、荷物の入ったリュックを持って、不機嫌そうにしつつも、ちゃんと参加するつもりらしかった。

ところが——。

山あいのキャンプ場に到着して、全体のミーティングが終わり、班ごとに夕食の準備にとりかかると、三咲は一人だけ備え付けのベンチに寝そべってしまった。

リュックを枕代わりにして、スナック菓子を食べはじめる。奈緒、大雅《たいが》、かよの三人が作業をはじめても、まったく気にするそぶりもない。

「手伝いなよ」

とうとう、かよがもんくをつけに行ったが、

「食べる専門」

などと答えて、三咲は菓子を食べるのをやめようとしない。

ことばで言ってだめならばと思ったのか、こっち向けよ、とばかりに、かよは三咲がもたれているリュックをすばやくとろうとした。が、リュックは少ししか持ちあがらず、かよはバランスをくずしてよろめいてしまった。

「重たっ！　なに入ってんの？」

顔をしかめるかよに、三咲は平然として答えた。

「マンガ」

「は？」

「夜、部屋で読む用」

どうやら、一冊どころでなく、何冊もリュックにつめこんできたようだ。班行動なんて知ったことか、俺は勝手にするからな、という表明のつもりらしかった。

これ以上せっついてもむだとあきらめたのか、かよは眉を寄せて、吐き捨てるようにつぶやいた。

「感じ悪」

そのとたん三咲は、かよに向かって声を荒らげた。

「おまえに言われたくないし！」

ろこつにいやみな態度をとっているのに、それをはっきり指摘されるのはムカつくとは、なんとも矛盾《むじゅん》しているが――。

「おい、ケンカなんかするな」

三咲がどなるのを耳にして、大雅が声をかけてきた。三咲はこんどは、大雅をにらみつけてどなった。

「おまえに言われたくないし！」

「そりゃそうか」

あっさり大雅が認めると、三咲はそっぽを向いて再び菓子を食べはじめた。いらだたしげに、やつぎばやに菓子を口へはこんでいる。

すごい子だなあ、と奈緒は妙に感心してしまった。見かけはおとなしげだけれど、性格はまったく反対らしい。

でも、わがままだなあ、頑固だなあ、とあきれる一方で、じつは、それほど不快には感じなかった。いやだ、とか、不満だ、とかを、こんなにはっきり表に出せるなんて、奈緒にとってはうらやましいほどだった。


「すごい！　大成功だよね！」

大ぶりの鍋にたっぷりとできあがったカレーを、奈緒はしみじみとながめた。

慣れない野外での調理に、まわりでは失敗している班も多くて、「焦《こ》げちゃったー！」とか「まだ生煮えじゃん」といった声も聞こえている。でも、奈緒たちの班は大成功で、野菜たっぷりのカレーはこくのある仕上がりになっているし、ご飯もふっくらと炊《た》きあがっている。

もっとも、奈緒とかよは材料を洗ったり切ったりしたくらいで、ほとんど大雅が火の世話から、味つけ、煮込み具合の確認までやってくれた。ほんとに鬼瀬《おにせ》くんは料理じょうずだなあ、と奈緒はあらためて感心させられる。

大雅があたりを見まわしたのは、さあ、そろそろ食べようか、と食器の準備をはじめたときだった。

「あれ？　三咲は？」

さっきまで近くにいたのに、いつのまにか三咲のすがたがない。

「なんか、川のほう行ったけど」

かよだけは気づいていたらしく、まったくしかたないやつだよね、とでも言いたげな顔で後ろを指さした。

三咲はだまって一人で班から離れると、川べりの岩場に腰をおろした。

リュックを背もたれにして、こんどはコミックスをひろげはじめる。D組の男子生徒二人が三咲に目をとめたのは、そのときだった。

「あれって、三咲じゃね？」

「なにやってんの、あいつ」

三咲に聞こえているのは承知のうえで、まるでそこにいないかのように大きな声でうわさ話をする。

「三咲ってさー、一人がいいなら、学校やめりゃよくね？」

「感じ悪くて、マジ、目ざわりなんですけどー？」

三咲も聞こえていないふりを決めこんで、二人のほうには目も向けない。

その態度がよけいしゃくにさわったのか、さらに男子生徒たちは近寄っていって、三咲のリュックに蹴りを入れた。

「あれ、なにか、当たったんですけどー？」

わざとじゃないぞ、ぜんぜん見えてなかったんだ、といった調子をつくって、二人して笑っている。

重みのあるリュックは横にずれただけで、三咲はまたも無視しようとした。が、なにかが舞うように視界のすみをかすめたのに気づいて、コミックスを放り出して立ちあがった。

急いでたしかめると、リュックに結びつけておいたお守りがなくなっていて、切れた紐《ひも》だけがたれさがっている。

川面《かわも》をのぞくと、鳥の羽根が付いたお守りは水の流れにゆられて、すうっと岸から離れていく。

三咲はためらいもなく、川のなかへ飛びこんだ。水面をただよっているお守りを片手でつかむ。

ところが、ごく浅いと見えていた川は、意外なほど深くなっていて足がとどかない。山あいに流れる川の水はまだ冷たく、もがくうちに手も足もこわばっていく。

「お、おいっ……」

「やべっ！」

水のなかへ三咲の頭が沈んだのを見て、D組の男子生徒たちは逃げ出した。

三咲の体から力がぬけて、お守りが手からこぼれていく。つかまえなきゃ、と思っても足が動かない。

そのまま意識が遠ざかりそうになったとき、だれかの腕に強くひっぱられて水の上へ顔が出た。その腕が大雅だとわかったのは、赤い髪が目の前に見えたからだった。

片腕に三咲をかかえながら、大雅はお守りをつかむ。どちらも離すまいと力をふりしぼって、足のとどくところまでけんめいに大雅は泳いでいった。

「鬼瀬くん！　だいじょうぶ⁉」

岸辺へ倒れこんだ二人のもとへ、奈緒は、かよといっしょに駆け寄った。

三咲が体をねじって、激しく咳《せ》きこむ。大雅は全身から水をしたたらせながら、三咲の背中をたたいてやった。

「よけいなことすんなよ！」

大雅の手を、三咲はふりはらった。

あやうく溺《おぼ》れるところだったのに、それでもまだ、だれとも交わるもんかという姿勢を押しとおそうとしている。この頑丈な鎧《よろい》を脱いだら、たちまち自分が消えてしまうとおそれているみたいに。

「おまえと、友達になりたいと思ったんだよ」

なだめるように大雅が話しかけても、三咲はつっぱねる。

「友達なんか、いらねぇんだよ！」

「強がってんじゃねぇよ」

三咲の顔をのぞきこむようにして、大雅はつづけた。

「ぜんぶ一人でかかえこめねぇだろ。ほんとにつらいときに、つらいってこぼせるやつがそばに一人もいねぇと、つぶれそうになるんだよ。三咲がなんて言おうと――」

大雅は口調をやわらげると、お守りを三咲の手へにぎらせて言った。

「俺は、友達として、おまえのそばにいるからな」

お守りは変わった形をしていて、こぶしほどの大きさをした輪の中に、網のように糸が何本も張ってあり、その周りに鳥の羽根が飾られている。

濡れそぼってしまったけれど、きっと三咲にとってたいせつな物なのだろうということは奈緒にも察しがついた。

手のなかのお守りを、三咲はじっと見つめる。そして、髪からしずくをはらって立ちあがると、大雅に背を向けて歩きはじめた。

「三咲くん！」

奈緒の呼びかけに、三咲の足が止まる。背を向けたままで、三咲はどなった。

「……早くもどって着替えねぇと、風邪《かぜ》ひくだろ！　鬼瀬！」

大雅のほうをふり向かずに、三咲は再び、荒っぽい足どりで前かがみになって歩きはじめる。大雅は少しだけ目をみはったあと、

「おお」

口もとをほころばせて、三咲のあとを追っていった。数歩遅れて、奈緒もかよといっしょに後ろをついていく。

結局、三咲は助けてもらったお礼も言わなかった。それでも、大雅は笑っている。とにかく二人とも無事でよかった、と奈緒が胸をなでおろしていると、となりで、かよがつぶやいた。

「鬼瀬ってさ、なんか、クサいね」

「え？　そんなに気にならないけど……」

「そういう意味じゃなくて。暑苦しいってこと」

かよのことばに、奈緒はだまりこんだ。

かよの言っている意味はわかったけれど、奈緒には「暑苦しい」と表現してしまうのはしっくりこない。だったら、それを言わなければ。そう思いながらも、やっぱり言いだせずにいると、先に、かよのほうが口を開いた。

「でも、あんたが好きになったのも、わかる気がする」

ふっと目をほそめて、かよは足を速めて大雅たちを追いかけていく。

かよの後ろすがたを見つめながら、奈緒はしばらくその場にとどまっていた。かよの笑った顔というのは、同じクラスになってから初めて目にした気がする。

「あ、ジャージ忘れた」

　大雅がそう言って足を止めたのは、割りあてられたバンガローのすぐ近くまで四人でもどったときだった。

　そのことばで、大雅が上半身Tシャツ一枚だったことに、やっと奈緒も気がついた。

急に寒さを感じたのか、大雅はぶるっと肩を震わせる。大雅は自分で腕をさすりながら
ひき返そうとしたけれど、

「私、行ってくる！」

奈緒は小走りに、その先へまわった。

「鬼瀬くんは、早く着替えて。風邪ひいちゃうから」

「いや、でも……」

「だいじょうぶ！　行ってきます！」

心配げにする大雅を押しとどめて、奈緒は一人で駆け出した。

ずぶ濡れの状態で、これ以上歩かせるわけにいかない。それに、大雅のために、少しだ

けでも役にたちたい。

玲奈たちの悪口に弁護もできず、さっきも、かよのことばに、ちょっとちがうなと思いながらも言いだせなくて……。なにも、できない。だから、せめてジャージをとってくるくらいはしてあげたい。

「あんたが好きになったのも、わかる」――奈緒は走ってひき返しながら、かよが言ったことについて考えていた。

いっしょに登校して、昼食もいっしょにいれば、そう見えてもあたりまえだった。以前は、ワンセットに思われるのがいやだったのだけれど、今は、もっと別の感情が奈緒のなかでは大きくなっている。

好きでつきあっているとまわりに見えてしまうことが、後ろめたい。

大雅に対して、もうしわけない。

鬼瀬くんはすごい人だ、と奈緒は思った。前々から、たぶんいい人なんじゃないかなと思っていたけれど、今はそれが確信に変わっていた。

たしかに外見はちょっと怖いけれど、すぐに殴《なぐ》り合いするのも怖いけれども……。でも、勇敢で、思いやりがあって、すごく、やさしい。

だからこそ、嘘をついていることが、ほんとうの気持ちを言えない自分が、恥ずかしくてたまらない。

「あれ？　こんな道、通ったっけ？」

しばらく走っていったところで、奈緒は足を止めた。

山肌沿いに造られたアスファルトの道に入ったけれど、まわりの風景に見覚えがない気がする。でも、道がまちがっていると言いきる自信もない。

大雅の役にたちたくて、つい、一人きりでひき返してきたけれど、奈緒は重要なことを忘れていた。

奈緒は、いわゆる方向オンチ。住んでいる街のなかでさえ、ふだんとちがう道を通ったりすると迷ってしまうことがある。ましてや、初めておとずれた土地では、どっちが西だか東だかもわからない。

ぐるっと四方を見まわしても、背の高い樹木にはばまれて遠くまでは見とおせなかった。川の音が聞こえないかと耳をすましてみたけれど、はっきりとは聞きとれない。

とにかく、もう少し行ってみよう。

奈緒はそう決めて、再び歩きはじめた。

大雅は乾いた服に着替えると、やっとひとごこちついた気分でバンガローから出た。

ところが、奈緒がいない。

かよが調理に使った包丁やらまな板を洗ったりしていて、先に着替えをすませていた三咲がしぶしぶながら手伝っている。

「なあ、小暮《こぐれ》って、まだ帰ってきてねぇの?」

あたりを目でさがす大雅の背中に、ひんやりしたものが流れた。川まで行ってもどってくるには、すでに充分な時間がすぎているはずなのに……。

「あ、そういえば、まだ……」

かよの返事を聞くより先に、大雅はその場から駆け出した。

急いで川まで行って、岩場を見わたすと、脱ぎっぱなしになっていたジャージがすぐにみつかった。

「小暮!」

呼びかけても、返事はない。

「小暮……！」

大雅はさけびながら、奈緒のすがたを求めて再び駆け出した。どうかこの声がとどくようにと祈りながら——。


迷っちゃった……。

奈緒は途方にくれて、道のまんなかで立ちつくした。

さっき川へ向かったときには、こんなに長くは歩かなかった。やはり、どこかでまちがった道へ入っていたらしい。スマートフォンで地図を見ればなんとかなるかも、とひらめいたけれど、荷物に入れたままで持ってきていない。スマホがなければ、どこかへ連絡をとることもできない。

あたりはまだ明るいものの、あと三十分もしたら、うっすらと夕闇がしのび寄ってくるはずだった。

じっとしていてもしかたない、と気をとりなおして、奈緒はまた足を進めはじめる。

さらに歩いていくと、道の先に、山肌をつらぬくトンネルが見えてきた。自動車一台がやっと通れる程度のせまいトンネル。どれくらい長さがあるのか、外からでは見当もつかない。

近づいてみると、入り口のわきに『歩行者専用』と表示があって、『この先に川あり』とも書かれていた。

ここを通れば、かならず川まで行ける。

でも、黒い穴みたいなトンネルは、巨大な獣が牙をむいているようにも、入ったら出られないどこか異世界へさそいこんでいるようにも見える。

こんな怖いところを通るなんて無理だし……。と、まわれ右をしかけて、奈緒は思いなおした。

もう「無理」は言わないと決めたはず。ここを通りさえすれば、川へ行ってジャージをとってくることができる。

進むしかない。

自分をふるいたたせて、奈緒はトンネルの入り口に立った。

冷えた風が流れてくるのを肌に感じると、足がすくむ。怖い、無理、という気持ちがせりあがってくるのをおさえこんで、奈緒は中へ入った。

「だいじょうぶ。だいじょうぶ……」

声に出して自分をはげましながら、一歩ずつ進んでいく。

曲面になった天井や壁には、くすんだ色のしみがあちこちに触手をのばしていて、苔《こけ》らしきものも点々とうかんでいる。あまり使われないトンネルらしく、照明は小さなライトがいくつかあるだけで、両端には朽《く》ちた落ち葉が吹きだまっていた。

入り口付近はまだよかったけれど、進むにつれて外の明るさがとどかなくなり、内部は暗さが増して、湿った匂《にお》いが濃くなっていく。たよりの照明も長らく交換されていないのか、弱々しい光をちらつかせているだけだった。

酸素が少なくなったみたいに、呼吸が苦しくなってくる。左右の壁がぐーっと迫ってくるように感じられて、心臓が不安定に波うっている。この薄暗がりが、どこまでも永久につづく気がしてくる。

だいじょうぶ、気のせい、気のせい……。

のろのろと進みながら、けんめいに心のなかでとなえる。これは、ただのトンネル。道の上に覆《おお》いがあるだけのこと。

そうだ、いっきに走りぬけてしまおうと、足を速めかけたとき。点滅していた照明が、突然、いっせいに切れた。

あたりが闇につつまれる。

のどの奥からかすれた悲鳴をもらして、奈緒はその場へしゃがみこんだ。小さく体をちぢこめて、両手で頭をかかえこむ。

地の底へとり残されたような感覚がおそってくる。このトンネルにだけ地震がおきたのかと思うほど、足もとがぐらぐらゆれる。息ができない。錐《きり》を刺しこまれたみたいに頭が痛くなって、耳鳴りがする。

きつくまぶたを閉じているのに、目の前に、ある光景がよみがえってくる。ふりはらおうとしても消えてくれない。

灯《あか》りのない家の中。

窓の外は夜の色に塗りつぶされていて、暗がりで、幼い女の子がひざをかかえて震えている。だれもいない。物音もしない。

「無理、怖い……。助けて、助けて……」

早くここから出ないと、暗闇の底へ飲みこまれてしまう。でも、逃げたいのに立ちあがれない。奈緒にできるのは、ひとつしかない。わずかに残っている力をかきあつめて、奈緒はさけんだ。

「宗ちゃんっ……！」

「小暮っ！」

しっかりと地面を蹴って近づいてくる足音が、あたりの壁に反響する。

「だいじょうぶか⁉」

だれかの腕が、奈緒の肩をつかんで起こした。

奈緒がまぶたを開くと、そこにあったのは大雅の顔だった。息を切らして、奈緒をのぞきこんでくる。

暗い家の光景が、ふっとかき消える。体に自由がもどると同時に、奈緒は大雅にしがみついて、声をあげて泣いた。


大雅にささえられながら外へ出てみると、トンネルはそれほど長いわけではなかった。

中にいるあいだは完全な闇に思えていたのに、照明がなくても物の見分けはつく程度の暗さだったし、ちゃんと入り口まで見とおすこともできる。おちついて出口からながめてみれば、すぐに通りぬけられそうなトンネルにすぎなかった。

「ごめんね……」

大雅とならんで歩きながら、奈緒はうなだれた。

大雅の役にたちたいと意気ごんだくせに、逆に迷惑をかけてしまった。トンネルが怖くて泣いてしまうなんて、まるで小学生みたいだ。

でも、大雅は責めることも、あきれることもしなかった。

「気にすんな。なんともなくて、よかった」

大雅はそう言って、奈緒に微笑みかける。その笑顔からは、どれほど心配してくれたかが伝わってくる。

「お、鬼瀬くん……！」

奈緒は足を止めた。もう一度、あやまるために。こんどは大雅の正面にまわって、きちんと背すじをのばしてから、深く頭をさげた。

「ごめんなさい……！」

同じことばだけれど、さっきとは別の意味をこめる。こんなにたいせつにしてもらっているのに、もう嘘をついていられない。

「私、ほんとうは……、ほんとうはほかに……」

「好きな人、いるんだろ？」

奈緒が言い終わらないうちに、大雅が先まわりをした。思わず顔をあげた奈緒に、大雅はつづけた。

「知ってたよ。小暮が、俺のこと、怖くてことわれなかったのは」

「……ごめんなさい。鬼瀬くんの気持ち、踏みにじって……」

何度あやまっても、あやまりたりない。嘘をついて告白にオーケーしただけでなく、きっぱりことわれないなら、飽きて興味を失ってくれるのを待つしかない、とか考えていた。すごく卑怯《ひきょう》だった。

大雅は口を閉ざして、奈緒を見つめている。怒られても、みそこなったと言われても当然だと思っていたのに、大雅からの反応は意外なものだった。

「おあいこ」

さっきまでと変わらず、大雅は微笑んでいる。

「えっ？」

「俺も、小暮が困ってるのわかってんのに、ちょっとでもいっしょにいたくて、気づかないふりして、勝手に幸せもらってたから」

「鬼瀬くん……」

再び、ゆっくりと大雅が歩きはじめて、奈緒もそのとなりへならんだ。あたりには淡い黄昏《たそがれ》が満ちている。木々のあいだをわたってくる涼やかな風に吹かれながら、大雅が問いかけてきた。

「小暮が好きな人って、そうちゃん……さん、って人？」

「え？」

「さっき、名前呼んでたから」

「宗ちゃんはね、叔父《おじ》さん。お母さんの弟」

だれにもあかしたことのない、秘めた想い。

それを初めてうちあける相手が告白してくれた人なんて、おかしなことかもしれない。

でも、今は、正直に話すのがごく自然に思えた。大雅にならば、なにを話しても理解してもらえる気がしている。

「六歳のとき、お父さんとお母さん、トンネルの事故で死んじゃったの……」

奈緒は西にかたむきはじめた太陽をながめながら、ずっと口に出すのすらおそれていたことを、大雅に話しはじめた。

九年前の、あの日のこと――。

その日も、なんのへんてつもない日だった。

朝起きると、もうコーヒーの香りがただよっていて、一階へおりていった奈緒を「おはよう」と両親が笑顔で迎えてくれた。

いつものように、それまでかぞえきれないほどくり返してきた日々と、まったく同じように。

「奈緒、お母さんたち、ちょっとお客さんのお見舞いに行ってくるわね」

母親からそう言われたのは、学校の授業が終わって家へ帰ってきたときだった。

「すぐ帰ってくるから、一人でお留守番できる?」

母親はまだ少し心配げだったけれど、すぐに奈緒は胸をはって答えた。

「できるよ!」

一人でお留守番なんて、なんだか少し大人になった気分でわくわくする。すると、父親が大げさにほめてくれた。

「おー、偉いなぁ。よし、じゃあ、帰ってきたら、お父さん特製オムライスつくってあげよう」

「やったー！」

飛び跳ねてよろこぶ奈緒を見て、母親がわざと怒ったふりをしてみせる。

「もうっ、奈緒は、お父さんのオムライスが一番好きなんだから。お母さん、ちょっとやきもち」

奈緒と父親が顔を見あわせて笑って、母親も笑顔に変わった。こんなやりとりも、いつもと同じ。

「じゃあ、行ってくる」

車に乗りこんでいく両親を、奈緒は手をふって見送った。それが両親と交わした最後の会話になるなんて、最後に見た両親の生きたすがたになるなんて、少しも想像することさえなく――。

ちょっと出かけるだけ。ほんの二、三時間で帰ってくる。そう聞かされていたから、奈緒にはなんの不安もなかった。お父さん、お母さんが帰ってきたら、ぜんぜんさみしくなかったよ、って自慢しよう。今夜の夕食はオムライスだ、なんて楽しみにしながら留守番していた。

それなのに……。

夕暮れになっても、夜がきても、両親が帰ってこない。ほんの二、三時間のはずだったのに、まだもどらない。

どうしたのかなあと思っているうちに、連絡が入って、事故に遭《あ》った、って……。

まだ六歳だった奈緒には、どうすればいいのかわからなくて、ただ、ただ震えているしかできなかった。

怖い、怖い、助けて……。

一人きりの家の中、心でさけんでも返事はない。床にしゃがんで、頭をかかえこんで、おびえているしかできない。

助けて、だれか助けて……！

「奈緒！」

どれほどたったころか、宗介が息を切らしながら駆けつけてくれて、暗がりで震えている奈緒をみつけてくれた。そして、声をあげて泣きじゃくる奈緒を、いつまでも抱きしめてくれた。

「俺が、奈緒のお父さん、お母さんになってやる。ずっと、そばで奈緒のこと、守ってやる。いつも、〝おかえり〟って言ってやるから」

何度も、何度も、そうくり返しながら――。

「宗ちゃんは、お父さんとお母さんがやってたカフェを継いでくれて、ほんとに、ずっとそばにいてくれて……。いつのまにか、好きになってた」

そこまで話し終えて、奈緒は少し息をついた。

あの日から、九年。

両親の記憶はぼやけつつあるのに、あの夜の恐怖感だけは少しも薄れてくれない。心にくっきりと刻みつけられたまま、まだ生々しく血が流れている。

トンネルが怖くて泣くなんて、小学生みたいだけれど――。

みたい、というよりも、いまだにトンネルや暗い場所へ行くと、六歳の奈緒にもどってしまう。両親を亡くした、あの夜の奈緒に。

事故から何年間かは、自分の部屋で夜眠るのにさえ恐怖をおぼえるときがあって、そのたびに宗介が、怖い、怖いと泣く奈緒の背中をさすったり、頭をなでたりして、寝つくまでそばにいてくれたものだった。

「でも、気持ち悪いよね？　血の繋がった叔父さんを好きになるなんて……」

「そんなことない」

奈緒の問いに、大雅は首を横にふった。

「宗ちゃんさんって、すげぇかっこいい人なんだな」

「うん」

大雅が「かっこいい人」と表現してくれたのが、すなおにうれしい。すごくはげましてもらった気持ちになれる。

両親が亡くなった日のこと、宗介への想い、これまで自分のなかに閉じこめてきたものを大雅にうちあけて、なんとなく心も体も軽くなっている。

「なあ」

大雅は少し考えるようにしたあと、また足を止めて、奈緒のほうへ向きなおった。

「よかったら、あらためて、友達になってくれないか？」

そう言ってから、大雅は照れたように頭をかきながらつづけた。

「あ、気持ち悪いか。自分に惚《ほ》れてるやつと友達なんて」

奈緒がさっき言ったことばを自分も使って、さりげなく、おあいこ、というサインを送ってくれる。

「ううん」

奈緒は首を横へふって、はっきりと答えた。

「友達に、なりたい」

こんどは、前のように怖いからとかではなく、本心から答えた。大雅の申し出がうれしくて胸がつまる。だって、告白されたこともなかったけれど、こんなふうに、友達になりたいと望んでもらったこともなかったから。

「よかった！」

大雅の顔いっぱいに、笑みがひろがる。

一瞬、奈緒はそれにみとれてしまった。大雅の笑顔が、いつもよりも、もっとまぶしく目に映る。

夕暮れの太陽は西へかたむいて、その光をうけて、大雅の赤い髪が輝いている。ああ、きれいだなあ、と奈緒は目をほそめた。神々《こうごう》しくさえあるような、大雅自身から光が発せられているように感じる。

「おーい！」

呼びかける声が聞こえて、奈緒と大雅がそろってふり向くと、三咲が走ってくるのが見えた。その後ろには、かよもいる。

「だいじょうぶか⁉」

走り寄ってきた三咲は、奈緒を頭から靴先まで見やって無事をたしかめる。

「だいじょうぶ。ありがとう」

奈緒が笑みをうかべて答えると、かよが大きく息をついた。

「よけいな心配かけないで」

「ごめんなさい」

もうしわけなかったなと反省しながらも、その一方で、奈緒は胸のなかが温かくなるのを感じていた。

だれとも交わるもんか、という態度をとっていた三咲まで、こんなにひっしになってさがしにきてくれた。強がりの仮面をとったら、素顔はとてもやさしい、思いやりのある子なんだとわかる。

まだ息をはずませている二人を見ながら、奈緒は心のなかで何度もくり返した。

心配かけてしまって、ごめんなさい。

そして……。

ほんとうに、ありがとう。

5　けっこう好き？

「宿泊研修、すっごく楽しかったよ！」

奈緒《なお》は帰宅するなり、宗介《そうすけ》に声をはずませて報告した。

「ねえ、見て、宗ちゃん！　鬼瀬《おにせ》くん、すごく料理がうまくて、三咲《みさき》くんや、かよちゃんも、おいしさに感動したの！」

夕食づくりの思い出を話して聞かせながら、四人で撮ったスマートフォンの画像をいくつも宗介に見せた。

小学校、中学校のときも、宗介から「遠足、どうだった？」とか問われると、「うん、楽しかったよ」と奈緒は答えたものだった。でも、それは宗介を安心させるための嘘。たいていは、はしゃぐクラスメイトたちをぽつんと一人でながめているだけだった。

今回は、ちがう。本心から楽しかった。

出発前はどうなることやらと不安だったけれど、終わってみれば、たくさんの思い出ができた。四人の画像を何度でも見返したいほど楽しかったから、奈緒はプリントしたものを自分の部屋や、店にも飾ることにした。

四人で班を組めて、よかった。

スタートは「寄せあつめ」だったけれど、今では、それはすごく幸運なことだったとさえ思っている。


「は？　小暮《こぐれ》とつきあってねーの⁉」

宿泊研修が終わって、しばらくたったころ。

大雅《たいが》から真相を聞かされて、三咲が声をあげていた。みんながしきりとうわさしていたし、奈緒をさがしにすっ飛んでいったようすからしても、熱愛中のカップルとしか見えなかった。

「まあ、なんていうか、フラれた」

二人で廊下を歩きながら、大雅が小声で答える。

ああ、そういうことね、と三咲は納得してうなずいて、少し考えるようにしてから大雅へ問いかけた。

「で、なに、あきらめんの？」

「え？」

「んじゃー、俺が、あいつ獲《と》ってもいいわけ？」

大雅は返事につまった。かまわないよ、口出しできることじゃないし、と答えるべきなのだけれど、どうしてもそう言えない。

でも、ことばにはしなくとも、にわかに大雅の顔色が変わったのを見れば、返事を聞いたも同然だった。

「冗談だし」

と、三咲は言ってから、つぎに、まんざら冗談でもなさそうな口調でつけくわえた。

「俺は、小暮なら、矢代《やしろ》のほうがまし」

大雅はだまりこんでから、ぽつりとつぶやいた。

「小暮は……、友達だから」

そう、友達。

友達として仲良くできれば、充分のはずだった。それは自分から申し出たこと。だから、みずからたがえるなんて許されない。

「え、鬼瀬とつきあってたんじゃなかったの⁉」

そのころ、C組の教室でも、奈緒とかよのあいだで同じような会話がされていた。

宿泊研修のおかげで、かよとは休み時間におしゃべりしたりできるようになっていた。友達になれた、と少なくとも奈緒のほうは思っている。

小学校、中学校のクラスメイトたちには、同じテンションでもりあがれないとつまらないとか、同じ趣味じゃないとおもしろくないとか、かならず言われた。でも、かよは言わない。

かよとは性格も——容姿もだけれど、正反対なくらい、ぜんぜんちがっている。でも、いっしょにいて、ここちいい。同じでなくても友達になれるんだと、これも奈緒だけかもしれないけれど、そう思っている。

「じゃあ、ビビって、つきあいます、って言ったってだけなの？」

かよの問いに、奈緒はうなずいてから、

「でも、今は、ぜんぜんビビってないよ？」

と、首を横へふってみせた。

「やさしいところ、いっぱい知ったし。笑った顔とか、温かいし。照れた顔とかも、なんかカワイイなって思うときもあるし」

それに夢も持ってるんだよ、将来とかちゃんと考えてて尊敬しちゃうよ、とやつぎばやにならべかけたとき、

「ちょっ……、ねえ」

途中で、かよがさえぎった。

「なんか、好きな人のこと、話してるみたいなんだけど」

「えっ？」

たしかに、大雅へのほめことばなら、いくらでも出てくる。

車道側を歩いたり気づかいしてくれて、勇敢だし、思いやりがある。薔薇《ばら》の花束だって、女性に交際を申し込むときには花が不可欠なんだと、きっと真剣に考えてくれた結果だったんだなあ、と今なら思える。

だから、好きかきらいかの二択でなら、もちろん、好き。でも、それは、彼氏としてじゃない。

告白を承諾《しょうだく》したのは偽《いつわ》りで、嘘をついているのが耐えられなくなって、ごめんなさい、をしたはず。それでよかったはず、なのだから。

「鬼瀬くんは、たいせつな……、友達」

小声で奈緒が言うと、

「へえ～っ」

かよはさぐるように奈緒の顔を見つめてから、声をひそめた。

「ねえ、ちょっと、鬼瀬にキスされるの想像してみて」

「え⁉　キス⁉」

しまった、声が大きかった、と奈緒はあわてて口を押さえた。キスなんて、ことばに出しただけでうろたえてしまう。

「いいから、してみて」

かよに再びうながされて、奈緒はとまどいながらも目を閉じた。まぶたの裏のスクリーンに想像の映像を出してみる。

たとえば、場所は、静かな海。

聞こえるものは、寄せては返す波の音だけ。ほかに人影のない砂浜に、ふたりきり。自分と大雅がならんで歩いてゆく。

ふたりはふと足を止めると、おたがいにじっと見つめあい、ゆっくりと顔と顔が近づいていって、さらに近づいていって、もっと、もっと……――。

パチンッ！　と、スイッチを切られたように、そこで映像がかき消えて、奈緒は目を開けた。

想像しただけなのに、全力疾走してきたみたいに心臓の鼓動が激しくなっている。とてもじゃないけれど、これではキスするところまでたどりつけない。

「想像でも、できない！」

奈緒がうったえると、かよは意味ありげな笑みをうかべて言った。

「ってか、これ、テスト」

「えっ？」

「キスを想像しようとした時点で、けっこう好きって証拠」

家へ帰ってからも、かよに言われたことが気になってしかたない。夕食をすませたあと、自分の部屋に入っても、大雅のことばかり考えてしまう。

想像しようとするだけで、好き、なんて……。

ううん、そういうわけじゃない。うながされたから、ちょっとやってみただけ。

そもそも、私が好きなのは宗ちゃんなんだし、子どものころから宗ちゃんに片想いしてるんだから、と思ったあと、ふと奈緒は気づいた。

ただ、そういえば……。

このところ、学校にいるとき、あまり宗介のことを考えなくなっている。以前は、とにかく早く家へ帰りたい、早く宗ちゃんに会いたい、とそればかり考えていたのに……。

でも、それは関係ない。

高校生活に慣れたってだけで、好きとか、そういうのとはべつの話だから。そう自分自身に確認するようにしていたとき、ちょうど大雅からスマートフォンにメッセージがとどいて、また心臓が跳ねあがった。

大雅のことを考えていたのが、本人にまで伝わってしまったかと思うタイミング。突然、大雅が部屋にあらわれたみたいな気分になる。

おちついて、これは本人じゃなくて、ただのメッセージなんだから、と呼吸を整えながらスマホを操作する。

『明日の放課後、勉強をおしえてくれませんか？　中間テスト、やばいです。』

「なんで敬語？」

画面を見つめて、奈緒は小さくふき出した。直接会っているときには、こんな話し方したことないのに。

たのみごとだからって急にかしこまっちゃったのかな、こういうところも鬼瀬くんって、なんかカワイイんだよね——と思ってから、奈緒はそれをふりはらった。

これは、あくまで友達としての感想だから。

友達、友達としてだから。奈緒は自分にそう言い聞かせてから、『いいよ。じゃあ、図書室で。』と返事を送った。


「かよちゃんのせいで、よく眠れなかったよ……」

翌日の朝。

奈緒は睡眠不足ぎみで、ときおり目をこすりながら学校へ向かっていた。もう考えないようにしようとしても、かよに言われたことが頭にうかんでくる。

かよちゃんって言うこと大人っぽいよね、きっとモテるんだろうなあ、などと考えながら校門近くまで行ったとき、エンジン音が朝の空気を震わせながら響いてきて、奈緒は足を止めた。

ふり向くと、徒歩で登校している生徒たちを横目にしながら、黒光りするボディーのバイクが近づいてくる。

数メートルほど先で、バイクが停まった。

タンデムシートにはこの高校の制服を着た女子生徒がまたがっていて、運転席にいる男の腰へ両腕をまわしている。

うわあ、バイクで送ってきてもらう子がいるんだ、と奈緒がしげしげ見つめていると、その女子生徒がシートからおりてヘルメットをとった。さっと大きく首をふると、長いストレートの髪がひるがえる。

運転席の男もバイクにまたがったままで、ヘルメットをとった。

いくらか年上のような感じで、ジージャンをはおり、端整な顔立ちをしていて、どことなくあかぬけた雰囲気がある。

「あ、かよちゃん」

奈緒は手をふろうとしたけれど、あげかけた手が途中で止まった。かよが前かがみになると、運転席の男へすばやくキスしたからだった。

二人は軽く手をふって別れて、黒いバイクは走り去っていく。居合わせた生徒たちの注目を一身に浴びながら、かよは校門へ向かって歩きはじめた。

眉をひそめている生徒、おどろいている生徒も多いけれど、かよが堂々としているので、ひやかす声も飛ばない。

「さ、さすがです……」

奈緒もため息をついて、つぶやきをもらした。

かよも相手の人もかっこよくて、さりげないキスがじつにさまになっていて、恋愛映画のワンシーンでも観《み》ているみたいだった。

かよは外見も言うことも大人っぽいけれど、行動も大人っぽい。

キスするところの想像もできない自分とは、とても同い年とは思えない。はるか先、別世界、という感じがする。

「悪い。こんなことたのむのは、どうかと思ったんだけど……」

放課後、帰りのホームルームが終わってすぐに図書室へ行くと、先に待っていた大雅はまずそう言って頭を下げた。

「ぜんぜん。私でよかったら」

奈緒が微笑みながら首を横へふると、

「ありがと」

と、大雅も口もとをほころばせた。昨夜約束したとおり、窓ぎわの閲覧机《えつらんづくえ》に向かいあっってすわってテスト勉強をはじめる。

「想像しようとした時点で、けっこう好き」――かよのことばが奈緒の頭のすみにはいまだにちらついて、二人でいると少し緊張する。でも、それを表には出さないようにつとめて、今はとにかく、勉強、勉強、と奈緒は自分に言い聞かせた。鬼瀬くんがいっしょうけんめいやろうとしてるのに、私がそわそわしてちゃだめ。これは、だいじなテスト勉強なんだから。

「どの教科からやればいい？」

「じゃあ、まず、数学をたのむ」

大雅は教科書をひろげて、この問題なんだけど、と指さしてみせた。

「あ、これはね」

大雅の手もとをのぞきこみながら、こうして、ああして、と奈緒は指示をする。大雅はそれにしたがって、ひと文字ずつ、ていねいにノートに数式を書き進めていく。

「えっと、そこは、マイナスでくくって、平方完成」

「お、おお……。あ、解けた」

大雅は解答をつくづくとながめてから、

「すげぇ」

と、感心したように奈緒を見た。

こんなに感謝のあふれるまなざしを向けられると、奈緒のほうが照れくさくなる。でも、ようやく大雅の役にたてたみたいで、すなおにうれしい。

「よし、つぎ、これやってみます、小暮先生」

大雅が芝居がかった言い方をしたので、奈緒も調子を合わせてこたえた。

「がんばり……、たまえ」

偉そうな口調をつくったつもりだったけれど、いまいち演技しきれないのがおかしかったのか、大雅は笑いをこらえている。

問題にとりかかった大雅を、奈緒は頬づえをついて見守った。「先生」なんてふざけて呼んでくれたから、おかげで少し気がらくになった。気軽に冗談を言いあう感じ、そんな感じで、友達として接していけばいい。

大雅はすでに真剣な表情に変わっていて、何回も首をひねりながらノートに数式を書き進めている。まじめなんだなあ、がんばり屋なんだなあ、と奈緒はまたひとつ、大雅の長所をみつけた気がした。

緊張がほどけると、昨夜よく眠れなかったせいか、だんだんとまぶたが重たくなってきた。こうやって、勉強に集中する大雅を見守りながら、開け放った窓から入る風を感じていると、なんだかとてもここちいい。

大雅の赤い髪が、初夏の陽射しをうけてキラキラと輝いている。

やっぱりきれいだなあ、鬼瀬くんには赤い髪が似合ってるよね、と思いながらながめているうちに、視界がキラキラでいっぱいになっていく――。

「よし、できた」

十分ほどたったところで、大雅はノートをながめながら大きくうなずいた。時間がかかったけれど、最後まで自力で解くことができた。

これで正解できているかどうか、採点してもらおうと顔をあげて、ようやく奈緒が居眠りしていることに気づいた。頰づえをついたままで目を閉じていて、呼吸に合わせて頭がかすかにゆれている。

起こそうと大雅は手をのばしかけて、その手が途中で止まった。

奈緒の寝入った顔にみとれてしまう。この寝顔を、もっと見ていたい。できれば、もっと近くで、もっともっと近くで……。

「バカ！　小暮は……、友達だし」

湧きあがってきた想いを、あわててふりはらう。

声をかけて早く起こそうと決めたとき、奈緒の頭が大きくかたむいて、そのひょうしに頰づえがはずれそうになった。危ない、と思ったと同時に、とっさに大雅は腰をうかして左手をのばしていた。

奈緒が目を覚ます気配はない。大雅の手のひらに顔をうけ止められて、まぶたを閉じたままでいる。

奈緒の体温が手のひらに伝わってくる。奈緒の頰は、やわらかく、温かい。

繊細なこわれものをささえるように、大雅は机の上数センチほどの位置でじっと手を止めている。

ふりはらったはずの想いが、再び、湧きあがってくる。さっきよりも、さらに強く。もっともっと近づきたい。

奈緒の頬をうけ止めた手は同じ位置にとどめたまま、大雅はイスから大きく腰をうかせると、机の上へ身をのり出した。

ごく間近から、眠っている奈緒の髪を、まつ毛を、そして、くちびるを見つめる。奈緒の寝顔に吸い寄せられるように、近づいていく。そして、奈緒のくちびるへ、自分のくちびるをそっとかさねた。

それは頬よりも、もっとやわらかい。その感触に魅入《みい》られて、いつまでもこうしていたいような思いにとらわれたとき、奈緒のまぶたが動いて、大雅はイスを倒しそうになりながら後ろへ飛びのいた。

「え……?」

目を開けた奈緒は、しばらく状況が理解できなかった。

ふわりと薔薇の花びらがおちてきたみたいな、そんな感覚をおぼえてまぶたを開けたら、大雅の顔がすぐ前にあった。目の前どころか、もっともっと近く、ほんのわずかの距離もないところに。

もしかして、今のって、キス……だった？

徐々にそうわかってきたけれども、まだしっかり認識できなくて、ぼう然として大雅を見つめる。

「わ、悪い！」

大雅は机の上にひろげてある勉強用具をかきあつめると、

「ごめん、ほんとごめん！　わ、忘れろ！」

急いでカバンにぜんぶつっこんで席から去っていった。ところが、一分とたたないうちにもどってくると、

「あの、や、やっぱり……、忘れんな！」

さっきとは逆のことを言って、早口でつづけた。

「自分勝手で、ごめん。気持ち悪いことしたってのも、困らせてるってのも、わかってる。でも、忘れないでほしい」

「鬼瀬くん……」

「ごめん……」

もう奈緒の顔を見ていられないといったふうにうつむいて、大雅は再び駆け出して、こんどはもどってこなかった。

大雅はとにかく早く図書室から離れようとして、走って、走って、息が切れたところで足を止めた。

「なにやってんだよ……」

太陽は少し西にかたむいて、影がのびてきた足もとへ深いため息がおちる。

「ふっきるって、決めたんだろ？　友達だって、そばにいられるだけでいいって……」

自分から申し出たことを、自分でたがえてしまった。

もしも、これで、もう友達でさえいられなくなってしまったら……。大雅は首が折れたようにうなだれて、のろのろと足を動かしはじめた。

奈緒はぼう然としたままで図書室を出て、どこをどうやって歩いたのか、おぼえがないうちに家へ帰りついていた。

「おかえり」

いつものように宗介の笑顔が迎えてくれたけれど、あいまいにうなずいて目をそらしてしまった。

「あ……、うん、ただいま」

宗介の顔を、まともに見ることができない。

二階へあがったところで、くちびるにそっと手でふれた。あれは現実だったのか、うたた寝をして夢を見ただけじゃないのか。

自分の部屋へ帰ってきているのに、心はまだ、あの図書室の窓ぎわの席にとどまっているみたいな感じがしている。

6 友達なのに

「チュー⁉」

三咲《みさき》が思わず大きな声をあげてしまったのを、

「声、でけぇし」

と、大雅《たいが》はおしとどめて、クラスメイトたちが耳をそばだててはいないかとD組の教室の中を見まわした。こんなことを相談するのはどうかと思ったけれど、混乱してしまって、自分ではこの先どうしたらいいのかわからない。

「おまえ、なかなかやるな」

三咲はうなった。

隠しきれないくらい惚《ほ》れきっているくせに、友達宣言なんかして、なんだかまだるっこしいなと思っていたら、つぎに聞かされたのはキスしたという報告。予想していなかった急展開だった。

ところが、べた惚れの相手にキスできて、てっきりうかれているかと思ったら、

「……最低だ」

と、大雅は肩をおとしている。

「は？　なんで？」

「友達でも、小暮《こぐれ》と繋がってられたら、それでいいって思ってた。なのに、好きのやめ方が、ぜんぜんわかんねぇんだ」

大雅のことばに、三咲は目をみはってから、

「恋ッテ、セツナイネ〜〜ッ」

たまらない、というふうに体をねじった。

でも、つい、ちゃかしてしまったけれど、内心ではうらやましくもあった。髪を赤く染めて、いかにも怖そうな、度胸ありそうな外見をしているのに、好きな女の子のことで、悩んだり、うろたえたりしている。こんなふうにひたむきに好きになれるなんて、すごいなと感じる。

大雅は体の奥からしぼり出すようなため息をついて、机の上につっぷした。三咲にして

も、すぐには良いアドバイスが思いうかばない。

そうするうちに朝のホームルーム開始を告げるチャイムが鳴って、まもなく担任教師が教室へ入ってきた。

いつもは担任がきても、生徒たちのおしゃべりはなかなかやまないのに、今朝はすぐに静かになった。担任から少し遅れて、一人の見慣れない女子生徒がついてきていたからだった。

「えー、今日は、転校生を紹介します」

出席簿を持って教壇にあがった担任は、戸口でうつむきがちにして立っている女子生徒へ目をやった。

「今日からこのクラスに編入する、西垣雅《にしがきみやび》さんです。仲良くしてあげてね。じゃあ、西垣さん、前へ出て自己紹介して」

担任にうながされて、西垣雅が教卓の横まで歩いていって顔をあげると、教室からどよめきがおこった。

大きな瞳が印象的で、まったく化粧もしていないのに顔立ちの良さがきわだっている。制服の着方にも髪型にもはでなところはなく、肩先までのまっすぐな髪を左右で分けて、黒いリングゴムでまとめて結んでいた。

クラス全員のまなざしが集中する。転校生がなにを話すかと、生徒たちは興味しんしんで待っている。

前へ立った西垣雅はしばらく口を閉ざしていたあと、やっと聞きとれるほどのかぼそい声で、「よろしくお願いします」とだけ言って頭を下げた。

「めっちゃかわいくね?」

大雅に向かって、三咲がささやく。

教室のあちこちでも同じように、「かっわいー」「すげぇ美人」などというささやきが、おもに男子生徒たちからおこっていた。


「え、キス⁉」

一年C組の教室でも、奈緒《なお》からキス報告をうけて、かよが思わず声をあげた。

「かよちゃん、声、大きい」

奈緒がおしとどめて、クラスメイトたちが注目していないかと左右を見やった。

昨日のことを口に出すだけでも、顔がほてる。睡眠不足どころか、朝まで眠れなかった。

でも、眠気さえ感じないほど、突然のキスのことで頭がいっぱいになっている。昨日から、心臓の鼓動はずっと乱れっぱなし。息もできなくなりそうで、もう自分のなかだけにとどめておけない。

「やるな、鬼瀬《おにせ》」

くしくも、三咲と同じ感想をもらしてから、かよは声をひそめて問いかけた。

「で、どうだったの？」

「なにがなんだか……」

どうとたずねられても、奈緒には答えようがない。あまりに突然すぎて、一晩たって、ようやく、これはまぎれもなく現実のできごとなんだとわかってきたけれど、今はそれでせいいっぱいだった。

奈緒が答えに困っていると、かよはさらに問いをかさねてきた。

「シンプルに、うれしかったの？　いやだったの？」

結局、かよの問いに答えられないうちに休み時間が終わって、授業中もそのことばかり考えていた。

翌日も、翌々日も、ずっと考えつづけてしまう。

中間テストも近いのにこれではいけない、勉強しなきゃ、と放課後に図書室へ行くと、ちょうど大雅に出くわしてしまった。

奈緒は「あっ……」と声をもらして、足を止めた。ふり向いた大雅も「あっ」と小さく声をあげて、それから、どちらもだまりこんだ。

図書室へくるんじゃなかった、と奈緒は後悔したけれど今さら遅い。

話しかけることもできず、かといって、立ち去ることもできない。どちらも無言で、その場にとどまっている。

「あの……、このあいだは、ごめん」

先に口を開いたのは、大雅のほうだった。

「き、気にしないで！」

奈緒は首を横へふった。

「外国の人とか、ふつうにしてるし、あいさつで！　あ、でも、それはほっぺか、あ、でも……」

かえって気にさせるようなことを口ばしってしまい、ますます話しづらくなって奈緒はうつむいた。頰が熱くなっているのが、自分でもわかる。

大雅のほうも、それは同じだった。

ごめんと言ったきり、つぎのことばが出てこない。気まずい雰囲気を変えたくても、てきとうな話題もみつけられない。

まともに奈緒を見ていられなくて視線を泳がせたとき、近くの書架の前に、見知った人影があるのに目をとめた。ツインテールにした女子生徒が、書架から選び出したらしい本を開いている。

「西垣?」

大雅が呼びかけると、西垣雅はびくっと肩を大きく上下させて、錆《さ》びた音が聞こえそうなぎこちない動きでふり向いた。

雅はあいさつもせず、会釈《えしゃく》もしない。証明写真みたいに感情の読みとれない顔をして、じっと大雅を見つめる。

それから、手にしていた本を静かに閉じると、奈緒と大雅のそばを無言で通りぬけていった。『人づきあいが上手になる10のこと』——胸の前へ抱きかかえた本のタイトルが目に入る。

D組の子かな、それにしては見かけたことない気がするけど……と奈緒が思いながら、貸し出しカウンターへ向かう雅のすがたを目で追っていると、

「あ、今の、俺たちのクラスの転校生」

と、大雅が説明した。

そういえば男子が騒いでたっけ、と奈緒は合点《がてん》がいった。D組に入ってきた転校生がすごい美人らしいとうわさして、休み時間になると入れ替わり立ち替わり、となりをのぞきに行っては、「見た見た！」「マジ、かわいかった！」などと興奮ぎみに報告していた。たしかに、うわさどおり、すごくかわいい。

「あの本、私も読んだことある」

雅の背中を見送りながら、奈緒は本のタイトルを思いうかべた。ベストセラーでもないかぎり、同じ本を読んでいる人になんてめったに出会えない。だから、あれっ、偶然だな、と注意をひかれたのだった。

ところが、思いがけず、大雅も身をのり出すようにしてきた。

「え、俺も！　俺も読んだ！」

「ほんと!?　リラックスして話そう、って最初に書いてあるけど、あれができないんだよ

ね。緊張して、ことばが出てこないの」

こんなのできないよ、と思ったことで、かえってよく内容をおぼえている。どうすれば友達ができるのか、学校でうまくやっていけるのか、どうしたらビビリを治せるのか。悩んで、ハウツー本のたぐいをいろいろ読んでみた。でも、結局、本からは解答をみつけられなかったけれど——。

「そっか、緊張か」

納得したといった感じに、大雅は何回もうなずいている。

そのあと、こんなことも書いてあった、あんなことも書いてあったよね、と本の話題でもりあがり、そうするうちに気まずい雰囲気は消えていた。

これでいいんだ、と奈緒は思った。

このあいだのことは、なかったことにしよう。「忘れんな」と言われたけれど、やっぱり忘れたほうがいい。

突然のキスのことは忘れて、これからも友達として仲良くしていこう——本について熱心に話す大雅を見あげながら、奈緒はそう決めていた。

『超美人の転校生がきた！』といううわさは、学年をこえてひろまっていった。

他クラスだけでなく、上級生まで一年Ｄ組の教室をのぞきにやってきては、「西垣って、学年一、かわいくね？」「いや、それ以上だよ」などとほめそやしていく。すでに何人か告白した、という話もある。

でも、その一方、日がたつにつれて、クラス内での西垣雅に対しての見る目は変わってきていた。

転校してきた当初、クラスメイトたちは休み時間のたびに雅の席をとりかこんで、「趣味なに？」「部活入るの？」などとしきりと話しかけたものだった。

ところが――。

なにをきかれても雅は「べつに」と言うだけで、まともに答えようとしない。いつも伏し目がちにして、笑いもしない。人形っぽい、ロボットみたい、とささやかれて、だんだんと敬遠されはじめていた。

雅は登校してくると、うつむきがちに無言で教室へ入り、自分の席へつく。

そこから動くことなく、本を読みながら始業時間を待つ。以前は、つぎつぎにクラスメイトたちが寄ってきたけれど、最近はだれも声をかけてこない。雅のほうからも、まわりの席へあいさつすることもない。

今朝も、いつものように雅は本を読んでいたけれど、あわただしい足音を耳にして顔をあげた。

「ちょっとーっ、一限の数学、因数分解の小テストすんだって！」

教室じゅうに響くような声をあげて駆けこんできたのは、すぐ後ろの席の女子生徒——古田絵美《ふるたえみ》。

「はっ⁉　マジ、因数分解とか無理なんだけど！　待って待って、やり方、ぜんぜん忘れたし！」

絵美と仲のいい芳川藍那《よしかわあいな》も、あたふたと数学の教科書やノートをひろげはじめる。

教室のあちこちでも「えー、テストー⁉」という声がおきて、クラスメイトたちはおしゃべりを中止して、いっせいに勉強にとりかかった。今さらあせってみたところで実力がアップするわけではないものの、このさい付け焼き刃でもなんでもいいから、一点でも多くとりたい。

「うわーっ、おぼえること、ありすぎ！」

「どれ？　どれが出んの？」

顔をつきあわせて教科書をのぞきこむ絵美と藍那のやりとりを、雅はじっと聞いていた。それからふり向くと、二人に声をかけた。

「公式おぼえれば、だれでもできるよ」

「――は？」

とうとつな雅のことばに、絵美と藍那は一瞬なんだろうという表情をうかべたあと、みるみる顔をこわばらせた。

ただでさえ、ぬきうちテストのことでいらだっている。おまけに、雅はにこりともせずに見ている。どう考えても、自分たちのあわてぶりをおろかだと指摘されたとしか聞こえなかった。

「なに、今、あたしたちのこと、バカにした？」

「私、頭いいです、自慢？」

絵美と藍那からにらまれて、雅は消えいりそうな声でつぶやいた。

「……べつに」

よく観察すれば、雅はつづきを言いたそうに口ごもっているのがわかったはずだけれど、絵美と藍那はそんなことに気づきはしなかった。

「はーい、べつに、出ましたー、スカシ入りましたー」

「なんかー、感じ悪いんだけど」

雅に向かって吐き捨てて、そっぽを向く。まわりのクラスメイトたちはそれぞれ小テストのことでひっしになっていて、雅のほうには目もくれない。

ただ、一人だけ。

大雅だけはノートをめくる手を止めて、雅が前へ向きなおってうなだれるのを見守っていた。


情報どおりに数学の小テストはおこなわれて、翌日、授業の終わりに、さっそく生徒たちへ返却された。

採点済みの答案用紙をうけとるたびに、悲鳴や歓声があがる。よろこんでいる生徒もいれば、頭をかかえて嘆《なげ》く生徒もいる。

「うーわ、満点。すごっ」

教師が出ていったところで、絵美と藍那がわざとらしく大きな声をあげて、雅の手もとをのぞきこんだ。

雅は答案用紙を隠そうともせず、机の上に出してながめているから、いやでも点数がわかってしまう。そんなようすも、まるで満点をみせびらかしているようにうけとれる。しかも、雅がまったくよろこんでいないのも、満点なんてめずらしくもないわ、と余裕をひけらかしているように感じられた。

「あー、あたしも、数学の磯崎《いそざき》に媚《こ》び売ればよかったなー」

「どんなサービスしたんだろーなー」

「私を因数分解してください、的な？」

やっだー、と絵美と藍那は笑い声をたてる。

二人の声はまわりにも聞こえているのに、だれもとがめようとはしなかった。あれほど雅をちやほやしていた男子生徒たちでさえ、もう肩を持とうともしない。それどころか、いっしょになって笑っている生徒までいる。

それでも、雅は言い返すこともせず、表情を変えることもなく、だまって机の上に視線をおとしている。

「私を因数分解とか、意味わかんねぇし」

ふいに、強い口調の声が響いて笑いをさえぎった。

「は？」

絵美たちが声のほうを見ると、そこにいたのは大雅だった。

「つまんねぇこと言うの、やめろよ」

大雅の声には、それ以上からかうのは俺が許さない、という意志が感じられる。目のなかに真剣な怒りの色があるのを見てとって、絵美たちは後ずさった。

入学第一日めに大雅が上級生と殴《なぐ》り合ったことは、絵美たちも耳にしている。割りこまれておもしろくなかったけれど、大雅を怒らせたらただではすまないと思うと、さすがにひるんで口をつぐむしかなかった。

「みんな、西垣のこと、誤解してる」

大雅は絵美たちに言い、それから教室を見まわしてうったえた。居合わせた生徒たちも大雅のほうへ注目する。

大雅は弁護をつづけようとしたけれど、それよりも先に、雅が席を立って教室から出ていってしまった。

あれっ、鬼瀬くん――？

ちょうど教室から出ようとしていた奈緒は、廊下を走っていく人影をみつけて、隠れるように戸口へひっこんだ。

先に女子生徒が一人走っていき、大雅がそれを追っていく。ツインテールにした後ろすがたで、女子生徒はあの西垣雅だとわかった。ほかのことは目に入らないといった感じで、大雅はC組のほうを見向きもしないで通りすぎていった。大雅のせっぱつまったようすが気にかかる。

奈緒は少し迷ってから、廊下の先に見える赤い髪の背中を追いはじめた。

「西垣！」

大雅が呼びかけても、雅はふり返らない。

私にかまわないで、いいから、放っておいて。先を行く雅の後ろすがたは、そう語っている。

それでも、大雅は追うのをやめなかった。今の雅の気持ちが、よくわかるように思えていたから。

美人だ、かわいいと、あれほどクラスの男子たちは雅をとりまいていたのに、性格が予想とちがうとわかると離れてしまった。勝手に期待して、勝手にがっかりしている。

女子も絵美たちのように、雅はきっと容姿がいいのを鼻にかけているにちがいない、とやっぱり勝手に決めつけている。

似たようなことは、大雅も何回となく経験してきた。

目つきが鋭いのは生まれつきなのに、ちょっと横目で見ただけで、ガン飛ばしやがったと言われたり。生意気なやつだと反感を持たれて、上級生から呼び出しをくらったり。だから、かつての自分を見ているようで、雅を放っておけない。

「西垣、待てよ！」

渡り廊下の端まで行ったところで、ようやく雅は足を止めた。でも、ふり向こうとしない。雅の背中へ、大雅は話しかけた。

「人と話すのにがてなら、みんなにそう言えよ。話したいんだろ？」

「……べつに」

「緊張して、ことばがうまく出てこないだけなんだろ？　小暮が、そう言ってた」

ようやく、雅がふり向いた。その表情がゆらいでいる。雅がわずかでも感情を顔に出したのは、これが転校してきて初めてだったかもしれない。

「……もともと、話すテンポ、すごく遅くて」

ひとつ息を深く吸ってから、ゆっくりと雅は話しはじめた。

「なに言おうか考えてるうちに、リアクション薄いとか、感じ悪いって思われる。でも、べつに、一人でいるの慣れたから……、平気」

途切れ途切れに、少しずつ、雅はことばを押し出していく。ひとこと言っては考えて、またひとこと口に出しては考えこむ、をくり返していく。かぼそくて、かすれがちな声。みんなが競うように早口でしゃべっている教室では、雅が圧倒されてしまうのもしかたないことだった。

昨日だって、ほんとうは、絵美たちにもっと話したいことがあった。バカにしたつもりも、自慢するつもりもなかった。因数分解のやり方がわからないと騒いでいたから、「重要なのはこの公式だよ」「この問題が出そうだよ」とおしえてあげたかっただけなのに、その前に絵美たちからにらまれて、途中で言えなくなってしまった。でも、そうやって誤解されるのは慣れっこだけれど……。

「ほんとうに、そう思ってんのか？」

再び口を閉ざした雅に、大雅は問いかけた。

雅は答えない。うなずくことも、首を横へふることもしない。だまっている雅の代弁をするように、大雅がつづけた。

「平気って自分に言い聞かせて、ほんとはちがうのに逃げて、自分のこと、守ってるだけじゃね？」

雅が目をみはった。それが肯定のしるし。どうしてわかるの？　と問い返すように大雅を見つめる。

「俺も、中学のころ、そうだったから」

同じなんだよ、と大雅も見つめ返した。

雅は「平気」と言ったけれど、本心ではなく、今の状況を雅自身もけっしていいと思っていないことは、大雅にもわかる。でなければ、『人づきあいが上手になる10のこと』なんて本を借りるわけない。なんとか自分を変えたくて、でも方法がわからなくて、雅は苦しんでいる。

「母さんと二人暮らしでさ。母さんのこと、大好きでさ。けど、母さんが男の人と歩いてるのを偶然見かけてさ……」

くる。

大雅はそう話しはじめたけれど、あのときのことを思い返すと今でも恥ずかしくなってくる。

母親と男性がつれだって歩くようすは親しげで、楽しそうに笑っていた。

だまされてたんだ、と思った。隠れて恋人と会っていたなんて。母親のささえは自分だけだと思っていたのに……。

腹がたってどうしようもなくて、部屋に飾ってあったフォトフレームを床に投げつけ、母親といっしょに撮った写真をびりびりに破った。母親の笑顔が、どれも偽物《にせもの》にしか見えなくて……。

「すげーショックでさ。裏切られて傷つくくらいなら、最初から、だれともかかわんなきゃいいんだって思った」

もう母親のことは信じない。生活は荒れて、母親の言うことにも、教師の言うことにも、だれの言うことにも耳を貸さなくなって——。

とうとう、ある雨の日。

「俺がじゃまなんだろ⁉　だったら、ほっとけばいいだろ！　あの人のとこ、行けよ！ふざけんな！」——そんなことを母親にどなりちらしながら、部屋で大暴れして、雨のなかへ駆け出したのだった。

目に映るもの、すべてが憎い。まわりがすべて敵に見える。いらだちながら街をさまよったあげく、たむろしていたガラの悪い連中と、理由もおぼえていないようなことでケンカをはじめていた。

「ヤケになって、めちゃくちゃやって……。けど、ほんとは傷つくのが怖くて、逃げてただけだった。ちゃんと向きあって話していたら、母さんのこと、ただの勘ちがいだって、もっと早くわかったのに……」

結局、その男性はたんなる仕事関係の人にすぎなかった。自分で勝手に、悪いほうへ、悪いほうへと想像をふくらませてしまっただけだった。

ふり返ってみれば、のけ者にされたみたいでさみしかったんだとわかる。母親の愛情を一身にうけていたい。自分にだけ関心を向けていてほしい。そんな子どもっぽい感情でしかなかった。

今では、むしろ、すてきな恋人でもつくって母親には楽しく暮らしてほしい、幸せになってほしいと願っている。やっぱりさみしくは感じるだろうけれど、でも、きっと心から祝福できる。

「だからさ、おまえも、ガツンと向きあってみればいいんじゃね？」

大雅に提案されても、やはり雅はうなずきもせず、首を横にふりもしない。でも、しばらくだまりこんでから答えた。

「……そんなこと言っても、なにしていいか、わかんないし」

積極的な返事ではなくても、さっきまでの拒絶はもうない。それを感じとって、大雅は一歩前へ出てつづけた。

「話すのにがてなら行動でもいいから、自分をアピールしてみたら？　それでダメなら、またいっしょに作戦立てようぜ」

がんばろうぜ、と大雅は微笑みかける。

「……わかった。やってみる」

初めて、雅はしっかりとうなずいてみせた。翳《かげ》っていた瞳のなかに、かすかな光が生まれはじめている。

大雅たちからは見えないように物陰で、奈緒は二人のやりとりをずっと聞いていた。

立ち聞きなんてしていないで、大雅に声をかければいい。そう思っているのに、出ていけない。

三咲のときと同じに、大雅はクラスになじめない子を心配しているのだと、二人のやりとりから察しがついている。

とても大雅らしい行動なのに、それなのに……。

大雅と雅がいっしょにいるのを見たとき、いやだな、という思いがふっと心の奥から湧いてきて、そのことに奈緒は自分でおどろいた。三咲を助けたときには、偉いな、すごいな、という気持ちでいっぱいだったのに……。

人づきあいの本についていろいろ話しあったのも、もしかしたら、あの子のためだったのかも？　そんな疑問まで、頭をもたげてきてしまう。

鬼瀬くんはやさしい人だから、気がかりな子を放っておけないだけ。そう思っても、胸がざわめいてくるのを止められない。

7 夢じゃない

「それでは、つぎのグループ、コートへ入ってー」

体育教師の指示で、ジャージすがたの上にカラーゼッケンを付けた女子生徒たちが立ちあがった。

D組女子の体育は、今日からバスケットボール。

試合形式の練習を先に終えた十人ほどがコートから出て、入れ替わりに、別の二グループの女子生徒たちが中へ入った。

雅《みやび》のいるグループには、絵美《えみ》と藍那《あいな》も入っている。

絵美たちはあからさまに雅を避けて、この子がいっしょなんてやだやだ、という態度を隠そうともしない。

はたからは、雅は平然として、意にも介していないと見えたかもしれない。でも、内心では、いたたまれなかった。大雅《たいが》には「一人でいるの慣れた」と言ったけれど、ほんとうはいまだに慣れていない。いつかは平気ですごせるようになるかもと思っていたけれど、そんな日はこなかった。

行動でアピールしてみろ、という大雅のアドバイスが思い出されてくる。

大雅と話してからも、あいかわらずクラスメイトには声をかけられないでいる。だけど、コートの中でなら、もっとなにかできるかもしれない。球技では、ボールがことばみたいなものだから。

ジャンプボールで試合が開始されると、コートのまわりで観戦していた生徒たちは雅の動きに目をみはった。

ボールはいったんは相手チームにわたったが、すばやく雅は横からうばいとると、フロアに刺さるほどの的確なドリブルをはじめた。雅の手のひらとボールが透明な糸で結ばれでもしているように、自由自在にあやつっている。教室で人形のようにすわっているときからは想像もつかない俊敏さに、みんなはあっけにとられている。

相手チームの生徒たちは全員でディフェンスするが、雅はドリブルしながら右へ左へ動いてかわしていくと、シュートするふりをしてから、直後、前方にいた藍那へ向かって声をかけた。

「ゴール前、あがって！」

指示にしたがって、藍那は走った。その胸もとへ、ぴたりと精確なパスが飛んでくる。間髪《かんはつ》をいれず、藍那はシュートを放った。

なめらかな弧をえがいて、ボールはゴールリングに吸いこまれていく。まわりの生徒たちから、いっせいに歓声と拍手がおこった。

「やったーっ！」

藍那はガッツポーズをつくって飛び跳ねる。

「ナ、ナイスシュート！」

雅が声をかけると、藍那は笑顔で駆け寄ってきて、両手を高くあげてみせた。雅もおずおずと手をあげて、藍那の手をたたく。

二人が交わすハイタッチの音が、軽やかに体育館に響きわたった。

雅の活躍で大幅にリードしたまま、ハーフタイムに入った。

コートから出ると、雅は人形にもどってしまう。ボールがないと、チームメイトに声をかけるきっかけもつかめない。

ところが、壁ぎわにすわってひざをかかえていると、藍那と絵美が近寄ってきて、雅をはさんで両どなりへ腰をおろした。

「バスケ、めっちゃうまいね」

藍那に話しかけられて、ひざに目をおとしたままで雅は答えた。

「中学のとき……、バスケ部、だった」

「へえー」

藍那と絵美がそろってうなずいて、そこで会話が途切れてしまった。沈黙が流れる。せっかく二人が話しかけてくれたのに、こんなチャンスはもうないかもしれない。

「……あのっ！」

顔をあげるのと同時に、雅は口を開いた。うわずった声が恥ずかしかったけれど、こらえて雅はつづける。

「私……、言いたいことがぜんぜん、まとまらなくて。だから、会話とか、すごい遅いし、にがて。でも、話したい、とは思ってる。バスケと勉強は、得意。テストでわかんないとこあったら……、ぜんぜん、おしえる」

途切れがちだったけれど、雅としてはせいいっぱいの早口だった。うまく言えなくてもいいから、とにかく思っていることをことばにする。

突然自分語りをはじめた雅に目をしばたたいたあと、藍那はふき出した。

「いや、カンニングはまずいっしょ！」

「じゃあ、あたし、大学、替え玉受験お願い！」

絵美がふざけて雅にたのむと、

「似てねー、バレるわ！」

と、藍那がすかさずつっこみを入れた。雅はなんとか話にくわわりたくて、絵美のたのみについてまじめに考えて答えた。

「髪型、いっしょにして、マスクすれば……」

すると、藍那と絵美はきょとんとしてから、

「のり気だよ！」

そう言って、手をたたいて笑った。でも、それはこのあいだのような冷ややかな笑いとはちがう。二人の温かな笑いにさそわれて、雅の口もとにも笑みがにじむ。

「西垣《にしがき》さんって、おもしろいね」

絵美が雅に笑いかけると、うん、うん、と藍那もうなずいている。

そのあとも、ハーフタイムの終了まで、三人はならんで腰をおろしておしゃべりをつづけていた。

帰りのホームルームが終わったあと、奈緒《なお》はスマートフォンを手にして迷っていた。大雅に宛てて、『今日いっしょに帰りませんか?』とメッセージを打って、すぐに消した。でも、また同じ文面を打ちなおす。

となりなのだから教室まで直接さそいに行けばいいのに、なんとなく気がひける。ほんの数メートルの距離が、今日は遠い。

なかなか送信ボタンを押せないでいると、赤い髪が視界の端をかすめた。戸口に近づいて廊下をのぞきながら、大雅に声をかけようかと思ったとき、

「鬼瀬《おにせ》くん!」

それよりも先に、大雅を追うように、ツインテールにした女子生徒が小走りに廊下へ出てきた。

「話した! 話せたよ!」

早く伝えたくてたまらない、という感じに、雅は声をはずませている。

「おお！　マジで⁉　すげー！　やったじゃん！」

大雅が両手を高くあげてみせると、雅も両手をあげて、二人はハイタッチを交わした。

それから雅は、大雅を見あげながら言った。

「……ありがとう」

奈緒の目には、このあいだとは雅の印象がちがって見えていた。図書館で会ったときには、顔かたちはとてもかわいいのに、どこか手ざわりの硬い造花みたいだった。でも今は、ほのかな香りを感じさせる。

「ぜんぜん」

大雅は小さく首を横へふって、雅へ微笑みを返している。奈緒がのぞき見していることには、まるで気がついていない。

食い入るように見つめてしまっていると、大雅のそばにいた三咲《みさき》がこちらに気づいて、視線がぶつかった。三咲と会うのまでばつが悪く思えて、奈緒は逃げるように戸口の中へひっこんだ。

私、どうしちゃったんだろう……？

つれだって帰っていく生徒たちをながめながら、ぼんやりと奈緒は考えていた。

中庭に置かれているこのベンチで、入学してすぐのころ、大雅といっしょに弁当を食べて、将来の夢をおしえてもらった。あの日がむしょうになつかしい。

あのあと、奈緒はそっと教室を出ると、D組の方向とは反対側に廊下を進んで昇降口へ向かった。スマホのメッセージは送信できないままになっている。

「なにしてんの？」

聞きおぼえのある声に顔をあげると、いつのまにか三咲がそばにきていた。

「あ……、ううん、なんでもない」

明るく笑ってみせようとしても、頬の筋肉をうまく動かせない。三咲はとなりへ腰をおろすと、大きくため息を吐いて言った。

「あー、うっざ！」

「え？」

「なんでもないって顔、してないじゃん」

ずばりと指摘されて、奈緒は笑顔をつくるのをあきらめた。

「……わからない」

奈緒は力なく、小さく首を横へふる。

「なんか、鬼瀬くんと西垣さんを見てると、変な気持ちになって……」

さっきのようすから、雅がクラスになじむきっかけをつかめたらしいとわかる。だったら、よろこんであげなくちゃいけない。応援してあげなきゃいけない。

それなのに、胸のざわめきは日増しに大きくなるばかりだった。雅に向かって大雅が微笑みかけるのが、いや。二人が親しげにするのが、いや。どうして、こんなふうに思ってしまうのか……。

「あー、それ、やきもちじゃねぇの？」

三咲の口調は、諭《さと》すわけでもなく、ふだんのおしゃべりと同じようになにげなかった。

「なんで？　鬼瀬くんは、友達なのに……」

こわばった表情の変わらない奈緒を、しばらく三咲は見つめていたあと、リュックに付けているあのお守りへ手をやった。

「これ、カナダの友達が、俺が日本に帰るってなったときつくってくれた、伝統的なお守り」

だからだったのか、と奈緒は納得した。

溺《おぼ》れかけてでも拾おうとした理由がわかった。そのカナダの友達とどれほど仲良かったか、別れがつらかったかが伝わってくる。

ドリームキャッチャーっていうんだってさ、と三咲はおしえてくれた。

悪夢や、悪いものを輪の中に張られた網でつかまえて、良いものだけを持ち主のもとへとどけてくれる——そんな意味のあるお守り。

遠く離れても、いつでも幸運を祈っている。どうか健《すこ》やかに、幸せに暮らしてほしい。

友達の気持ちがこめられたお守りを見つめながら、三咲は静かな口調に変わって話しはじめた。

「だけど、登校初日に、二年のやつらにダセぇってバカにされてさ……」

入学して第一日め。

上級生の二人組がにやつきながら近寄ってきたのは、まだ日本に慣れず、三咲がしずみがちな気分で校舎へ向かっていたときだった。

「なんだ、これ?」

「変なもん、付けてんな」

上級生たちは左右から三咲をはさむようにして、ことわりもなくお守りにさわろうとしてきた。三咲は上級生につかみかかったけれど、逆に殴《なぐ》られて倒れこみ、手から離れたリュックが地面におちた。

「ダセぇもん、ダセぇっつって、なにがいけねーんだよ?」

上級生があざ笑いながら、まさにお守りを靴底で踏みつけにしようとしたとき。突然、だれかに思いきり蹴られて、上級生の体は後ろへふっ飛んだ。

「人のだいじなもん、踏みにじってんじゃねぇよ」

地面にころがった上級生を見おろしながら、毅然《きぜん》として言い放った男子生徒——それが大雅だった、と三咲は語り終えた。

このベンチで大雅が言ったこと、やっぱりあれは事実だった。でも、助けた新入生というのが、じつは三咲だったなんて……。

「あいつが、なんで髪、赤いか、知ってる?」

とうとつに、三咲はそんなことを問いかけてきた。

「え?」

「あれ、グレてるから赤い、とかじゃねぇんだよ」

てっきりめだつためと思っていたから、奈緒にはほかの理由など見当もつかない。

「昔から、あいつ、戦隊ものが好きで──」

三咲は口もとに笑みをうかべながら、大雅から聞いた理由をおしえた。

「リーダーのレッドが、やっぱ一番かっけぇから。だいじなもん、守れるように」──大雅はそう言ったという。

奈緒は息をのんで、なにも言えなくなった。

たんに、リーダーの外見にあこがれているのじゃない。おのれの危険をかえりみず戦うヒーローみたいでありたいという、あれは決意表明なのだ。

「あいつは、自分の気持ちに正直っていうか。守りたいって思ったもんは絶対守るって決めてんだよな。そこ、ぜんぜんビビんないっていうか。ムカつくけど」

わざと三咲は顔をしかめてみせてから、ふっと表情をやわらげて、奈緒に微笑みかけてきた。

「小暮《こぐれ》も、自分の気持ちには、ビビんなくていいんじゃねーの？」

三咲のことばが、胸にしみていく。

だいじなものを守る──赤い髪でしめしたその決意のとおりに、いつでも大雅は行動してきた。

トンネルでおびえる奈緒をみつけてくれた。三咲を救うため、ためらいもなく川へ飛びこんだ。今だって、雅がクラスになじめるよう、相談にのり、はげまして、せいいっぱい手助けしようとしている。

まわりにとらわれず、自分にできることを限界までやりぬく。大雅はいつだって、正直で、全力で、まっすぐだった。

自分の気持ちにビビんな──三咲のことばを奈緒は嚙みしめて、そして、自分の心をのぞきこんだ。

心のすみに追いやっていた問いへ、もう一度、目を向ける。突然のキスは、うれしかったの？　いやだったの？

奈緒はうつむいて口を閉ざしたあと、背すじをのばして顔をあげた。

空をあおいで、ベンチから立ちあがる。はじかれたように駆け出してから、三咲をふり返ると、

「ありがとうございます！」

奈緒は深く頭をさげて、再び、さっき出てきたばかりの校舎へ向かって走りはじめた。

「よかったな、ほんとに」

「うん……、ありがとう」

クラスメイトたちはみんな帰っていって、一年D組の教室には、すでに大雅と雅しか残っていない。

体育の授業でのことを雅はことこまかく報告して、それを聞いているうちに時間がたっていた。全身をおおっていた氷が溶けたように、雅は表情も動作もしゃべり方も、すべてがやわらかになっている。話すテンポが少し速くなっているし、言いよどむ回数も減っている。まだ絵美と藍那の二人と話せただけだけれど、きっとこれから状況は良い方向へ動いていくにちがいないと感じさせる。

「じゃ、そろそろ帰ろうか」

大雅が席へカバンをとりに行こうとすると、ふいに後ろからひき止められた。雅が手をのばして、大雅のカーディガンの裾《すそ》をつかんでいる。さっきまで雅はよろこびをあふれさせて話していたのに、またうつむいてしまっている。

「どうした?」

ふり向いた大雅に問われても、雅は答えられなかった。

雅のなかに、これまで知らなかった気持ちが生まれている。手助けしてくれたことへの感謝だけではない、もっとほかの想い。

それをあらわすのに、どんなことばを使えばいいのか。雅には、まだわからない。

ただ、もっと話していたい。もっと微笑みかけてほしい。もっとそばにいてほしい。こんなふうに、毎日、いっしょにいたい。

それを伝えたくて、裾をつかむ手に雅が力をこめたとき、

「鬼瀬くん……！」

あわただしい足音を響かせながら、戸口に奈緒が駆けこんできた。

「小暮？」

目をしばたたいている大雅のそばへ、奈緒はよろけて机にぶつかりかけながら歩み寄っていく。

「私……」

奈緒は息が切れていて、脈が速まっている。でも、息が整うのを待っていられない。

肺を最大限までふくらませて大きく息を吸いこむと、奈緒は大雅に向かって告げた。

「鬼瀬くんが、好き……、みたいです」

「……え？」

「いや、好きです！」

ビビリをふりはらって、こんどは、きっぱりと言いきった。

自分から告白をことわったんだから、とか、友達になりたいと言ったくせに、とか、あれこれと貼り付けた言いわけをぜんぶ剝《は》ぎとっていったら、心のまんなかには、ひとつの想いだけがはっきりと見えていた。

鬼瀬くんが好き。

私だけを見ていてほしい。

やさしい微笑みを、私だけに向けていてほしい。

「だから、西垣さんが鬼瀬くんと仲良くしてるの見ると、すごいつらくて……。西垣さん、ごめんなさい！」

雅に頭をさげてから、奈緒はつづけた。

「すごい自分勝手だけど、それくらい鬼瀬くんのこと、好きなんです！」

こんなの、むしがよすぎる、と奈緒は自分でもあきれる。

でも、ひきさがれない。

これまでずっと、意見を言わず、主張をせず、まわりと衝突しないよう、よけいな波風たてないようにすごしてきたけれど……。この想いだけは、そうやってごまかしてしまいたくない。

「小暮……」

大雅は信じられないといったまなざしを、奈緒へ向けている。

奈緒は自分の都合のよさに身がすくむ思いだったけれど、うつむいてしまいそうになるのをこらえる。

雅はだまって、奈緒と向かいあう大雅の横顔を見つめる。大雅のまなざしは、今、奈緒にだけそそがれている。

「……小暮さん」

沈黙のあと、静かに雅は口を開いた。

「私、鬼瀬くんとは、ただの友達だから。心配しなくて、いいよ」

「西垣さん……」

「私が緊張してしゃべれないって、鬼瀬くんにおしえてくれたんだよね？　そのおかげで、私、クラスになじめたの」

雅はそう言ってから、

「ありがとう」

と、奈緒に向かって微笑みかけた。

「小暮さんもだいじな友達だから、じゃましない」

雅は席から通学カバンをとってくると、一人で戸口へ歩いていく。

「ただの友達」――あのことばが本心でないことは、奈緒にもわかった。微笑んでくれた雅の瞳が、うるんでゆれていたから――。

雅の足音がだんだんと廊下を遠ざかっていき、やがて、消えていった。

そのあいだ、D組の教室に残った奈緒と大雅は、どちらも口を開かなかった。校庭で部活にはげんでいる生徒たちのかけ声やホイッスルの音が、開け放たれた窓から風にのって聞こえてくる。

「小暮……」

なにを言ったらいいのか、大雅はことばが出てこない。

「鬼瀬くんがキスしてくれたときね――」

奈緒はもう一度深く息を吸ってから、大雅の目を見て話しはじめた。心にあることを、すべて伝えよう。ここまで走ってくるあいだに、そう決めてきた。

「私、ほんとは、すっごいうれしかったの。自分でもびっくりして、どういうことなんだろうってずっと考えてたんだけど……、かんたんだった。鬼瀬くんのこと、いつのまにか大好きになってたんだって気づいた」

答えは、とっくに出ていた。

自分でもそれをわかっていたのに、そんなはずはないとうち消していた。ありのままに認めてしまうのが怖くて――。

「宗《そう》ちゃんさん、のことは？」

「宗ちゃんは、私のお父さんで、お母さんだったから……」

子どものころから宗介《そうすけ》を大好きで、宗介といることこそが奈緒にとっての幸せだった。『宗ちゃんのお嫁さんになりたい』と願ってきたけれど、もしかしたらそれは、好きだからというよりも、ずっと宗介にこの家にいてほしい、ずっと家族でいたいという気持ちだったのかもしれない。

宗介が女性客二人組に声をかけられていたときにも、いやだな、宗ちゃんにべたべたたしないでほしいな、と腹がたった。

でも、親しげにする大雅と雅を目にしたときに感じたものは、それともちがう。もっと苦しくて、見えないひっかき傷が無数に増えていくみたいで、胸のなかがヒリヒリと痛んだ。似ているけれど、ちがう。

「私も、自分の気持ちにまっすぐに、正直に、ビビらないって決めた」

ひとことずつに、奈緒は力をこめる。どうしても伝えなくてはならないこと、一番伝えたいことが、まだ残っている。

「鬼瀬くん、結婚を前提に、私とつきあってください！」

でも、大雅から返事がない。

顔をこわばらせながらだまりこんでいるのを見て、奈緒は急に不安になってきた。告白されてからも、キスされてからもすでに日がたっているのに、自分の気持ちだけで先走ってしまって、ほんとうにむしがいい。

「あの、もし、まだ好きでいてくれたら……」

つづきは言えなかった。

つぎの瞬間、奈緒は大雅の胸のなかにいた。つかまえておかないと消えてしまうとでも思っているように、大雅は強く抱きしめる。

「ヤバい……。幸せすぎて……」

大雅のつぶやきが、奈緒の耳もとで震えている。大雅の赤い髪が、頬にふれる。大雅の体温が、奈緒をつつみこむ。

私もだよ、幸せだよ。奈緒はそう答えるように、大雅の背中へ両腕をまわして、その腕に力をこめる。

何十秒もじっと抱きしめあって、おたがいのぬくもりを感じあっていたあと。大雅は腕の力をゆるめてから、まだ信じられないと少し首をかしげた。

「夢じゃないよな」

まさに奈緒も今、同じことを思っていた。

好きになった人から、同じように想いを返してもらえるなんて、幸せすぎる。夢じゃないのかな、って。

奈緒は大雅の右手をとると、それを自分の左頬へ持っていった。そして、自分は大雅の左頬に手をふれる。ふしぎそうにしている大雅に、奈緒は微笑みかけた。

「いっしょにつねろ?」

そういうことか、と大雅も微笑む。

「せーの」

ふたりで同時に声をかけて、いっしょに頬をつねる。片頬だけ持ちあがった顔を見あって、やっぱりふたりは同時にふき出した。

「いてぇな」

大雅は顔の半分をしかめながら、半分は笑っている。

頬は痛いけれど、その痛みはこころよい。

この幸せは、夢じゃないという証《あかし》。

初夏の陽射しが満ちる教室の中にふたりきり、奈緒と大雅は、おたがいのすがただけを瞳に映しながら笑っている。

8 わかってくれない

つぎの日曜日。

朝のモーニングサービスから、奈緒《なお》は店の手伝いをしながらも、そわそわとおちつかなかった。

注文の品をまちがえて別の客へ出してしまったり、ぼんやりして客から呼ばれているのに気がつかなかったり、コーヒーをテーブル席へはこぼうとしてつまずきかけたり、いつも以上に失敗ばかり。

「奈緒、気をつけろよ。あわてなくていいんだからな」

宗介《そうすけ》から心配げに声をかけられて、そのたびにごまかし笑いをしては、さりげなく壁にかかった時計を見あげる。

宗介にはないしょにしているけれど、じつは、今日の午後、奈緒はある約束をしていた。

そのことで頭がいっぱいで、足もとがふわふわしている感じになってしまう。

ランチタイムで少したてこんだあと、客がつぎつぎに帰っていって、店内に静かさがもどったころ。

床の掃き掃除をしていた奈緒は、ゆっくりとドアが押し開けられるのにいち早く気づいて顔をあげた。カウンターの中でレモンをスライスしていた宗介も、ナイフを持つ手を止めてドアへ目をやる。

スローモーションのようなぎこちない動きで入ってきた大雅《たいが》を見て、奈緒は目をしばたたいた。

日曜だというのに、大雅は制服すがただった。ネクタイをきっちりと締めていて、それに、衣替えもすんでいるのにブレザーまで着こんでいる。前のボタンもとめて、校則どおりといった服装だった。

しかも、髪が黒くなっている。

「髪、どうしたの？」

奈緒は大雅のそばへ行ってささやいた。

「スプレーで。いや、ほら、だって……」

「なんで、制服?」

「こういうときは制服だろ。じいちゃんの葬式だってそうだったし……」

大雅は口ごもってから、カウンターの前まで進んでいった。背すじをのばして直立不動になる。それから、床につきそうなほど深々と頭をさげた。

「はじめまして、鬼瀬《おにせ》大雅と申します」

やたらと仰々《ぎょうぎょう》しいあいさつをうけて、宗介はとまどいながらもいつもの接客用の笑みをうかべた。

「奈緒の友達? 客いないんで、好きなとこ、どうぞ」

宗介にうながされても、大雅は席につかず立ったままでいる。そして、ひとつ大きく息を吸いこむと、宗介と正面から向きあって言った。

「あの……、今日は、友達、としてじゃありません」

「え?」

「奈緒さんと、結婚を前提に、おつきあいさせていただくことになりました。宗介さんには、ちゃんとあいさつしなきゃと思って」

宗介は目をみはる。

それは、奈緒も同様だった。初めて家へ訪ねてきた日に、しかも、顔を合わせてすぐにいきなり「結婚」まで口に出すとは思っていなかった。

「奈緒さんのことは、絶対、幸せにします。絶対に、守ります」

ひとことずつ、大雅はしっかりと力をこめる。

奈緒はおどろきはしたけれど、大雅の堂々とした態度がうれしくて胸が熱くなった。決意をことばにして、宗介の前ではっきりとしめしてくれた。それに、髪を黒く染めてきてくれたことも。きっと、礼儀正しくしなければ、印象を良くしなければと、いろいろ気づかってくれたのだ。でも、黒髪もすてきだけれど、やっぱり戦隊もののリーダーみたいな赤い髪のほうが似合っていると思うけれど――。

宗介はだまって聞いていた。その顔からは、さっきまでのカフェのマスターとしての愛想笑いは消えている。

大雅はくちびるをひきむすんで、宗介の反応を待った。奈緒も息をこらして、宗介を見つめる。ところが、しばらく口を閉ざしていたあと、宗介が言ったのはまったく関係ないことだった。

「……奈緒、レモン、買ってきてくれるか」

「え？」

「ちょっとたりなくなって。悪い」

そんなのあとでいいのに、と奈緒はいぶかしんだけれど、宗介は足早にカウンターから出て、すでにドアを開けて待っている。

さし出された千円札をうけとりながら、奈緒は大雅のほうをふり返った。とにかく早く買って、早く帰ってこよう。奈緒はそう考えて、近所のスーパーマーケットをめざして駆け出した。


「なにか飲むか？」

奈緒が店から出ていったあと、宗介はカウンターの中へもどると、立ったままの大雅に声をかけた。

「いえ。ありがとうございます」

レモンの買い物は口実。二人だけで腹を割って話そうという意図なのだと、大雅は察していた。

すわれ、と大雅をうながすこともせず、宗介は再びレモンをスライスしはじめる。カウンターをはさんで、沈黙が流れる。しばらくのあいだ、宗介は無言で作業してから、静かに口を開いた。

「奈緒を、幸せにするって？」

「はい」

「どうやって？」

「え？」

「守るって、どうやって？　具体的に、どうするの？」

宗介からたずねられて、大雅は返事につまった。予想もしていなかった問い。それでも、けんめいに答えをさがした。

「それは……、命かけても、守ります」

そのとたん、宗介は顔をあげて、大雅に険《けわ》しいまなざしを向けると、カッティングボードをこぶしでたたいて声を荒らげた。

「死んだら、守れないだろっ！」

いきなりの剣幕に、大雅は息をのんだ。宗介はひとつ息をついてから、静かな口調にもどって問いをかさねた。

「命かける？　かけたあと、どうするの？」

「それは……」

「鬼瀬くんを失って悲しんでる奈緒に、死んでたら、なにもしてやれないだろ？」

宗介のことばは、大雅に鋭く刺さった。

自分が死んでも相手を守りぬく。それが最高のことのように思っていた。でも、つきつめて深く考えたことはない。自分の考えのたりなさが恥ずかしくなってうつむいた大雅に、宗介は話をつづけた。

「あいつは、九年前に、一番だいじな人たちを亡くしたんだ」

「聞きました。ご両親を事故で……」

「それまでは、なににも物怖《ものお》じしない活発な子だった。たいせつな人たちを亡くした悲しみで、あいつの心は脆《もろ》くなった。鬼瀬くんも知ってるかもしれないけど、無理、怖い、が口ぐせになったんだ」

かすかに眉を寄せて、苦しげにも見える表情でそう語ったあと、宗介のまなざしに厳しい光がうかんだ。

「俺は、あいつのそばからはいなくならないって決めたんだ。ここで、〝おかえり〟って言ってやるって。なにがあっても。その覚悟、鬼瀬くんにある？」

ある、と大雅は答えたかった。

でも、声が出せない。

いくらここで、覚悟はあります、どんなことでもしますと言い張ってみても、むなしく響くだけだ。

さっき、「命」ということばを使ったことを大雅は恥じていた。むやみと口にすることばではなかった。もちろん、みじんも嘘ではなかったけれど、軽々しく聞こえてしまったとしてもしかたなかった。

「きみに、あいつは守れないよ」

宗介の口調は静かだったけれど、うむを言わせない気迫がこもっている。これまで九年間、奈緒を守ってきたという自負がにじんでいた。

それきり、宗介は口を閉ざした。

負けた、と大雅は感じた。かなわない。なにも反論できない。この場にいるのも恥ずかしい。きちんとあいさつしようなんて意気ごんだことさえ、なんておこがましいことだったんだろうと感じる。

大雅はもう一度、深々とおじぎをしてからドアへ向かった。宗介はひき止めようとはせず、再びレモンをスライスしはじめた。


「あれ？　鬼瀬くんは？」

レジ袋をさげて帰ってきた奈緒は、大雅のすがたをさがして店内を見まわした。大急ぎで会計をすませて早足でもどってきたせいで、奈緒は息がはずんでいる。

宗介はカウンターの中でかたづけをしながら、奈緒と目を合わせずに短く答えた。

「帰った」

「え？」

大雅がだまって帰ってしまうはずはない。なにかあったんだ、とすぐに察して、奈緒の顔がこわばった。

「なに話したの？」

奈緒の問いかけに、宗介は答えない。そして、なにも説明しようとしないままに、宗介は言った。

「あの子は、やめとけ」

とうとつで、頭ごなしの、まるで命令のようなことば。奈緒は一瞬、頰をはたかれたのにも似た感覚をおぼえたあと、かすれた声で問い返した。

「なんで……？」

それでも、宗介は答えない。

「私、すごくうれしかった。鬼瀬くんが、なにがあっても守るって言ってくれたのが……」

「綺麗事なら、だれにでも言えるだろ」

「綺麗事って、どういうこと？　なんで決めつけるの？」

せめて、もっと理由をおしえてほしいのに、それすらしてくれない。せっかく家まできてくれたのに。あんなに、きちんとあいさつしてくれたのに。髪も黒くしてきてくれたのに。いっぱい、がんばってくれたのに……。

宗ちゃん、ひどい——！

心のなかでさけぶと同時に、奈緒はレモンが入ったレジ袋をその場へ放って背を向けた。

「奈緒！」

行ったらだめだ、とも聞こえる声で、宗介が呼び上める。でも、奈緒はふり向かずに、店の外へ駆け出していった。

ひどい、ひどい……！

宗ちゃん、どうして、わかってくれないの……！

胸のなかが激しく波立って、暗い色に渦巻いている。

どうか追いつけますようにと祈りながら、奈緒は全速力で走っていく。何回もつまずきそうになりながら走っていって、ようやく道の先に、よく見知った後ろすがたをみつけることができた。

大雅は肩をおとして、のろのろと足を進めている。ふだんとはちがう黒い髪の背中が、ひどく弱々しく映る。

「鬼瀬くん！」

大雅の足が止まり、ためらいがちにふり返る。一刻も早くつかまえなくては、大雅のすがたがまぼろしみたいにかき消えてしまいそうで、奈緒はころげるようにして大雅のもとへ駆け寄っていった。

息が切れて、なかなか話しはじめられない。とにかく、まず、あやまらなきゃ、と奈緒

は思っていたのに、

「ごめん」

大雅のほうが、先に頭をさげてきた。

「俺、深く考えないで、命かけるとか言って」

「鬼瀬くん……」

せっかくきたのに追いはらうも同然のあつかいをされて、もう、いやになったかもしれない。つきあうのはやめておこう、と言われてしまうかも……。泣きそうになっている奈緒の耳に、大雅の声が聞こえた。

「でも、小暮《こぐれ》のために命張れるっていうのは、嘘じゃない」

「鬼瀬くん……」

わかってるよ、とうなずいて、奈緒は涙をこらえて大雅を見あげる。

嘘じゃないって、わかってる。

だって、これまで、鬼瀬くんにはひとつの嘘もなかったから。いつだって、ぜんぶ、本気だったから――。

宗介は一人だけになった店内で、洗い物をする気力も湧かず、カウンターの中にたたずんでいた。

駆け出していったときの、奈緒の顔。ひどい、と非難しているのが伝わってきた。あんな奈緒を見るのは初めてだ。

宗介はため息をついて、店の一角に飾ってあるフォトフレームのほうをながめた。

まず目につくのは、一番新しい、奈緒が宿泊研修へ行ったときの写真。

奈緒があれを嬉々《きき》として飾ったときから、ひそかに大雅の存在が気になっていた。でも、あんな髪を赤く染めたやつと奈緒が深くかかわるわけない。まして や、奈緒につきあう相手ができるなんて、まだまだずっと先のことだと思っていた、いや、思いたかったのだけれども……。

つぎに視線がうつったのは、子ども用自転車にまたがった奈緒の写真。

奈緒との思い出はどれもよくおぼえているけれど、とりわけ、あのときのことは鮮明に記憶している。

「だいじょうぶ、みんな乗れるようになるんだし」

宗介がそう言って補助輪をはずすのを、六歳だった奈緒は不安そうに見ていた。

じつを言えば、もし奈緒がケガしたら、と思うと、あのときは宗介も不安でたまらなかった。でも、自転車くらい乗れなくてはのちのち奈緒が困ると考えて、思いきって補助輪をはずさせたのだった。

近所の公園へ行って練習をはじめたものの、奈緒は自転車にまたがっただけで震えてしまう。もうおりる、と泣きそうになるのをなだめたけれど、

「怖いぃぃいいーっ！　無理ぃいいいーっ！」

奈緒はわめいて、なかなかペダルを踏みこもうとしない。

「だいじょうぶ！　俺がちゃんと、後ろ持って押してるから！　ほら、前向け！　しっかりこぐんだ！」

奈緒はハンドルをぐらぐらさせながら、少しこいでは止まり、また少し進んで止まる。

怖い、だいじょうぶ、無理、がんばれ、を何十回とくり返して、とうとう、ある日、コツをつかんだのか、すーっと自転車がまっすぐに進みはじめた。

「そうだ！　その調子！」

宗介の声援をうけて、奈緒はけんめいにペダルを踏みこむ。

「おお、いいぞ！　いい感じ！」

奈緒がふり向いて、宗介に笑いかける。できたよ、と誇るように。宗介も荷台に手をかけたまま、微笑んでうなずいてみせた。あのときの幼い奈緒の笑顔を、今そこで見ているように宗介は思い出せる。

あれから、もう九年たったのか……。月日の流れの早さに感じ入ったとき、ドアが開いて奈緒がもどってきた。

奈緒はカウンターのほうを見たけれど、すぐに目をそらして二階へ上がってしまう。

宗介は呼び止めたくても、なにを言ったらいいのか、まだことばがみつけられてはいなかった。

奈緒もまた、宗介とどう向きあえばいいかわからなかった。いっしょに暮らしてから初めて、宗介に反発を感じている。

でも、フォトフレームに飾られた何枚もの写真をながめているうちに、だんだんと頬がゆるんできて、激しく波立っていた気持ちがやわらいでいった。

きっと誤解があったんだ、と奈緒は思いなおして、そして反省した。宗介だけを責めるわけにはいかない。大雅があいさつにくることを前もって話しておかなかったから、びっくりさせてしまったにちがいない。

きちんと話をしよう、と奈緒は決めた。

はじまりから順番に、薔薇《ばら》の花束のことも、手づくり弁当のことも、きちんと話そう。すごくしっかりした、やさしい人なんだよ、と話そう。そうすれば、きっとわかってもらえる。

自分にたしかめるように大きくうなずいてから、奈緒が窓へ目をうつすと、すでに外は濃い紫色の夕闇につつまれていた。

時計をたしかめると、もう閉店時間をすぎている。でも、宗介はまだ住まいのほうへはもどってきていない。遅くに客がたてこんで、あとかたづけに手間どっているのかもしれない。

奈緒は階段をおりはじめたけれど、いざとなると足がためらいがちになる。

あと数段のところまでおりていったとき、店のほうから女の人の話し声が聞こえるのに気がついた。

「ごめんね、突然きちゃって」

「いや、かまわないよ」

あっ、まだお客さんがいたんだな、と奈緒は思いながら、ビーズのれんごしに店のようすをうかがってみて目をみはった。

「この前の話、正式に空《あ》きが出たの」

カウンター席で話しているのは、昔の職場仲間だったという、このあいだの女性——南《みなみ》野葵《のあおい》だった。

ほかに客のすがたはなく、白熱球のスタンドライトが灯《とも》るほの暗い店内で、二人きり、カウンターをはさんで宗介と向かいあっている。どちらの顔にも、このあいだのようなくつろいだ笑みはない。張りつめた雰囲気が伝わってきて、奈緒は出ていくこともできず、ビーズのれんの前で立ち止まっていた。

「宗介くんが復帰するっていうなら、みんな、歓迎すると思う」

葵はとなりの席に置いたバッグから、きっちりと綴《と》じられた資料らしき書類をとり出した。そして、タイトルが宗介から見やすいように向きをなおすと、その書類をカウンターの上へ置いた。

「来年の頭には、新しいプロジェクトが動きだすから。いっしょに、種子島《たねがしま》へきてほしいの」

「……種子島、なつかしいな」

「打ち上げの成功を見とどけるのが、夢だったんでしょ？」

葵のことばに奈緒は息をのんで、いっそう耳をそばだてた。身をのり出すようにして、葵はつづける。

「奈緒ちゃんも、もう高校生になったんだし。そろそろまた好きなことやっても、自分の夢追いかけても、だれも責めないよ？」

宗介は答えず、硬い表情をしてだまりこむ。

奈緒の心臓は不安定に波うって、速まった鼓動の音があたりにまで響いてしまうんじゃないかと思ったほどだった。

息のつまるような沈黙が、何十秒も流れたあと。葵がもっとことばをかさねようとしたのを、宗介は口調を強くしてさえぎった。

「種子島へは、行けない。奈緒のそばにいてやりたいんだ。あいつの笑顔が、俺の幸せなんだ」

何度さそわれても、この答えが変わることはない。そう宣言しているような、静かだけれど、かたい決心のにじむ声だった。

そのあと、葵がまたなにか話していたけれど、奈緒にはもう聞きとることができなかった。薄い膜をすっぽりかぶせられたように、すべての音が遠ざかる。二人に気づかれないうちに立ち去らなくては、と奈緒は階段をひき返しはじめた。足もとがぐらつくのを、壁に手をついてこらえる。

自分の部屋までたどりつくと、力がぬけて、奈緒は床にへたりこんだ。泣いちゃいけないと思っても、涙があふれてくる。

なにもかも、知らないことばかりだった。宗介の夢のことも。ひそかな決心のことも。なにもわかってなかったんだ、と奈緒は痛感していた。わかってないのは、宗ちゃんじゃなくて、私のほうだったんだ……。

9　不吉な予感

両親が亡くなったあと、奈緒《なお》は泣いて、泣いて……。

泣き疲れてからは、季節も、月も、曜日もはっきりしないような、時間が止まったような感覚につつまれて、ぼんやりと毎日をすごしていた。

宗介《そうすけ》は少しでも元気をとりもどさせようと、子どものよろこびそうな遊園地や買い物につれ出そうとしたけれど、外へ出る気になれない。

奈緒が痩《や》せたのを宗介は心配して、やはり子どもの好みそうなケーキやドーナツを買ってきたり、ハンバーグやカレーをつくってくれたりした。でも、食べられない。

「どうした？　いらないのか？」

宗介に気づかわれて、食べなきゃと思っても、ひと口、ふた口で手が止まる。なにを食べても、おいしいと感じない。

「奈緒はなにが好きなんだ？　なにだったら食べられる？」

オムライス、と奈緒は答えた。

さっそく宗介はレストランへつれていってくれたけれど、やっぱり食べられない。だって、奈緒が好きなのは、レストランのオムライスじゃないから……。

そんなとき、店を整理していて宗介がみつけたのが、父親が遺《のこ》していった一冊のノートだった。

『おとうさんのレシピ』──表紙にそう書かれたノートには、父親が得意にしていた料理の作り方がいくつも詳細にしるされている。

宗介はそれを見ながら、オムライスづくりに挑戦した。

材料をそろえて、調味料も火にかける時間も正確に計って、すべて書かれているとおりにする。

「奈緒、これ、食べてみないか？」

宗介にすすめられて、皿に盛りつけられたオムライスを口へはこんだとき、奈緒は思わずつぶやいた。

「……おいしい！」

丸く盛りつけたチキンライスの上に、ふわふわの卵がのせられて、たっぷりのドミグラソースが添えてある。

お父さんの味だ、と奈緒は思った。形は少しいびつだけれど、父親がつくっていたとおりの味がする。

「よかった！　ほら、もっと食べろ」

宗介にうながされて、奈緒はオムライスを口へはこびつづけた。お腹《なか》といっしょに心もいっぱいになっていく。そして、オムライスをほおばる奈緒を見守りながら、宗介は言ってくれた。

「奈緒、これからは、俺がお父さんとお母さんになってやるからな」

そのときから奈緒は、オムライスがいっそう大好きになった。

お父さんの味。そして、宗ちゃんの味。

高校生になった今でも、元気が出るものを食べたいなというときには、かならず、宗介にオムライスをつくってほしいとねだっている。

宗介と暮らすようになってから、この九年間。

宗介に守られて、奈緒は生きてきた。宗介の一番近くにいて、一番長く時間をともにすごしてきたのは、まちがいなく奈緒だった。

それなのに――。

宗介のことを、なにもわかっていなかった。

「のんびりカフェやれてよかったよ」――宗介のことばを真《ま》にうけて、疑おうともしなかった。宗ちゃんのエプロンすがたってすてきだなあ、すっごく似合ってるよね、なんて、のんきにみとれていた。

だって、宗介が本心をあかしてくれなかったから……。

「前の仕事、ぜんぜん向いてなかった」なんて、まったくの嘘。向いていないどころか、大好きな仕事、たいせつな夢、だったのに……。

なにもかも自分の胸の内に封じこめて、けっして表に出そうとしなかった。すべて、奈緒のために。奈緒が負担を感じずに暮らせるために。

「種子島《たねがしま》、なつかしいな」――あの声を聞いたとき、直感した。ロケットの打ち上げ成功を見とどけたいという夢は消えていない。

でも……。

種子島へ行っていいよ、とは、どうしても言いだせない。

奈緒にとっては、宗介がカウンターの中から笑って迎えてくれるのがあたりまえで、家へ帰っても宗介がいないなんて、考えられない。

奈緒は今、暗いトンネルのなかにいるような気がしていた。どこへも動けない。どうしたらいいのか、わからない。

暗闇のなか、出口が見えない。


鬼瀬《おにせ》くんに、相談してみようかな……。

放課後、大雅《たいが》とならんで帰り道をたどりながら、奈緒はふとそう思ってから、ううん、それはだめ、とすぐにうち消した。

あれから何日もたったのに、いまだに宗介とはまともに話せていない。

大雅とのつきあいについて話しあうこともできず、葵《あおい》とのやりとりを立ち聞きしてしまったこともうちあけられずにいる。

宗介のほうも、つとめてなにごともなかったようにふるまっていて、大雅のことにも葵のことにもふれない。

どうしたらいいのか、自分ではもう考えつけないけれど、でも、それを大雅に相談するのはずうずうしすぎる。

それでなくても、さっきから大雅との会話はとどこおりがちだった。

とっくに中間テストも終わったのに、最近、大雅は図書室へ寄っていくからと言って、帰りもべつべつなのがつづいている。今日はひさしぶりに、大雅のほうからいっしょに帰ろうとさそってくれたのに……。

「宗介さんと、もう一回、話したい」

だまって歩いていた大雅が、ふいにそんなことを言いだした。宗介の名前が出てきて、まるで考えていたことが伝わったみたいだった。

「え？」

「俺――」

つづきを言いかけて、大雅はことばを止めた。前方にじっと目を向けて、顔をこわばらせている。

奈緒もそちらへ目をやってみると、大雅の視線の先には、停めたバイクのそばで立ち話をしている男女のすがたがあった。

女の子はショートパンツから惜しげもなく素足をさらして、「やだ～っ、郁巳《いくみ》ってば～」などと甘い声を出して体をくねらせる。キャミソールの上にはシースルーのブラウスだけで、体の線があらわになっている。白いジャケットをはおった男のほうは、女の子の髪やら腕やらをしきりとさわる。それから、二人は笑いあったあと、まわりを気にするそぶりも見せずにキスをした。

あんな道のまんなかで大胆だなあ、と奈緒は目をみはってから、ふと、男のほうに見覚えがあることに気がついた。

「あの男の人……」

「知ってんのか？」

奈緒のつぶやきを聞きとめて、大雅が問いかけてきた。

「かよちゃんの彼氏さん」

「矢代《やしろ》の？」

女の子が手をふって去っていくのを見送ったあと、男のほうはバイクのエンジンをかけようとして、奈緒と大雅に気づいた。郁巳と呼ばれていたその男は顔をしかめて、それから急に、とってつけたような笑みをうかべると、

「おー、ひさしぶり〜」

いかにも親しげに、バイクをおりて大雅のほうへ歩み寄ってきた。が、大雅はこわばった表情でだまっている。

「鬼瀬くん、知りあい？」

対照的なようすの二人を、奈緒は見くらべる。大雅が答えるより前に、郁巳が奈緒へ目をうつした。

「あ、彼女さん？」

郁巳は値踏みするように、奈緒の顔からつま先まで、制服の下も見透かしそうな視線を何回も往復させる。

この人、なんだか怖い……。

そう直感して、奈緒はあとずさった。あかぬけてかっこいい人だと思っていたけれど、間近で会ってみると印象がちがう。ざわざわと肌があわだってきそうな、濁《にご》った空気をまとっている。

大雅は奈緒の前へ出て、自分が盾《たて》になって、郁巳の視線をさえぎった。

「聞いてくださいよ、彼女さん」

郁巳はのぞきこむようにして、やたらとなれなれしく話しかけてきた。

「俺ねえ、こいつのせいで前科つけられて、医大、辞《や》めさせられるところだったんです〜。お父さんになんとかしてもらったけど」

「えっ……」

「いきなりからまれて、警察沙汰《ざた》になっちゃって〜。いろんなやつボコったこととか、バイク、パクったことあるの警察にばれちゃって、大変だったんだよ〜」

内容とは逆に、郁巳は笑っている。ねっとりと語尾をのばしながら、ささいな失敗談でもおしえるような軽い調子で話していた。

「なに笑ってんだ……」

大雅は低くうめいて、両手をこぶしににぎる。奈緒は声が震えそうなのをこらえて、郁巳にたずねた。

「かよちゃんとは、別れたんですか？」

「え？　なに、おまえら、かよの知りあい？」

郁巳の口から「かよ」と呼び捨てで名前が出てきたとたん、大雅ははじかれたように飛びかかった。

「矢代に近づくな！」

大雅は声を荒らげて、郁巳の胸もとをつかみあげる。かよのことをそれ以上口をしたら許さない。そんな気迫がみなぎっている。

「鬼瀬くん！」

殴《なぐ》っちゃだめ――――！

奈緒の声を耳にして、ハッと気づいたように大雅の手から力がぬけた。郁巳は二、三歩ぐらついてから踏みとどまると、乱れたジャケットの胸もとをわざとらしく手ではらって整えた。

「あいかわらず、いきなりからんでくんのな。変わってなくて、うれしいよ」

郁巳は勝ち誇ったように、くちびるの端をいびつにゆがめている。大雅はまた飛びかかりそうになるのをこらえて、無言でにらみつける。

「じゃあ、またな」

郁巳はゆがんだ笑みをうかべたままで言い残すと、長い足をゆったりと動かしてバイクにまたがった。エンジンが唸《うな》りをあげる。アスファルトを震動させながら、黒いバイクは走り去っていく。

排気音が遠ざかってからも、奈緒と大雅はその場にたたずんでいた。砂を噛んだような苦いものが、どちらの胸にも残っている。

まだ郁巳に見られているようで、あのねばついた視線がからみついてくる感覚が消えなくて、今にもあの黒いバイクがひき返してきそうな、このままではすまないような不安をおぼえていた。


いやな予感は的中してしまった。

数日後の朝、一年C組の教室へ行くと、かよのようすがおかしい。

「かよちゃん、おはよう」

奈緒があいさつしても、かよはうつむきがちにうなずくだけで、不自然に首をかたむけたままでいる。元気ないな、と思って、すぐに理由がわかった。長い髪で隠そうとしているけれど、かよの左頬が腫《は》れている。

見て見ぬふりはできなくて、昼休み、奈緒は大雅とともに、なかば強引に屋上へかよをつれていった。

かよは不本意なのがありありで、奈緒と大雅のほうをまともに見ようとしない。奈緒はためらいながらも、思いきってたずねた。

「かよちゃん、それ、どうしたの？」

「……べつに」

かよは、とりつくしまもない。つぎにどう言ったらいいのか奈緒が迷っていると、代わりに、大雅がはっきりとたずねた。

「郁巳にやられたのか？」

かよはだまっている。でも、答えないのが肯定のしるしだった。

「あんなヤバいやつとは、かかわるな」

「は？」

大雅の強い口調に、かよは顔をしかめた。なんで命令すんの？　そんな不満げな表情をうかべている。そうじゃないんだとわかってほしくて、奈緒は再び口を開いた。

「かよちゃん、あの人、ほかの人ともつきあってるよ」

密告みたいなまねしないほうがいいのかも、とも思っていた。でも、こうなったからには見すごせない。

ところが、かよからの返事は意外なものだった。

「知ってる。でも、いいの」

「え……、なんで……」

「中学のとき、毎日つまんなすぎて、いつ死んでもいいやって思ってた。でも、郁巳くんが、あたしのこと好きって言ってくれて、あたしがいないとダメって言ってくれたから、毎日が楽しくなった。だから、いいの」

奈緒はぼう然として、かよを見つめた。となりでは大雅も同じように、説得することばを失っている。

「あたしがこれでいいって言ってんだから、べつによくない？」

これで話は終了、とばかりに、かよは背を向ける。とっさに奈緒は手をのばして、かよのブラウスの袖をつかんでいた。

「放して」

「かよちゃんが傷つくのわかってて、放っておけないよ」

よくなんか、ない。ほかの女の子ともつきあっているうえに、彼女を殴るような人といて、それでいいわけない。このままだと、郁巳のまとっている濁った空気のなかへ、かよまでひきずりこまれてしまう。

でも、かよはとりあおうとせず、奈緒の手をふりはらった。

「ビビリでなんにもできないくせに、偉そうなこと言わないで」

かよのことばが、奈緒の胸に刺さった。

かよの言うとおり、いまだに、かんじんなときにはなにもできない。かよちゃんを傷つけることしないで、と郁巳にうったえればよかったのに、それもできなかった。あいかわらずの、ビビリで、ヘタレ。自分には、かよをひき止める資格はないのかもしれない。そんな考えが頭をかすめて、奈緒は動けなくなる。

かよは背を向けて歩き出したけれど、数メートルも行かないうちに足を止めた。物陰から三咲《みさき》があらわれて、行く手に立ちふさがったからだった。

「なに？　立ち聞き？　最低」

かよにけなされても、三咲は正面に立って動かない。

「おまえ、今、すっげぇダサいよ。なに強がってんだよ！」

いつもは自分が口にしていることばを、逆に三咲からつきつけられて、かよは声をはりあげた。

「うるさいっ！」

三咲の横をすりぬけて、かよは足早に去っていく。

「おい！」

三咲が呼びかけても、かよは止まろうとしない。かよの背中は、いっさいを拒絶している。ほっといて。お説教なんてまっぴら。だれの意見も聞きたくない。あんたたちの顔なんか見たくもない。

それ以上、三咲は追うのをやめた。奈緒も大雅もひき止めるすべがなく、ただ、遠ざかっていくかよの後ろすがたを見送るしかできなかった。


なによ、あんな熱くなっちゃって……。

かよはいらだって、心のなかで何度ももんくをつけた。他人のことなんて放っておけばいいのに、まったくおせっかいなんだから……。

かよの目の前に、奈緒、大雅、それに三咲の顔がちらつく。かよは長い髪をかきあげて、その面影《おもかげ》をふりはらった。

今日もこれから、郁巳と会うことになっている。

湊にほど近いところに、一棟《いっとう》ずつ独立した形のガレージだ間隔をおいて何棟もならんで建っていて、そのひとつを郁巳は専用で借りていた。

広めのワンルームマンションほどのスペースがあり、ソファーや棚なども備えてある。バイクの部品や工具のほか、ＣＤやら着替えなどまで持ちこんで、郁巳はそこをバイク置き場兼たまり場として使っている。

レンタルガレージの戸を開けたとき、かよはふっと、いつもとはちがう感覚にとらわれた。鼻につくオイルの匂《にお》い。ここは空気がよどんでいる。でも、いつもなら、この匂いに安らぎをおぼえるのに……。

ううん、うちにくらべたら、やっぱりここのほうがずっといい。かよは違和感をうち消して、ガレージの中へ足を踏み入れた。

かよの両親が関心を向けるのは、昔から仕事のことばかり。

家のことは、ほとんど家政婦まかせ。子どもにはお金さえあたえておけばだいじょうぶとでも思っているらしかった。

家族でイベントなんてしたこともなく、かよの誕生日に、数枚の万札がテーブルの上へ置かれていたこともある。メッセージカードさえ添えられず、お札だけ無造作に。お金なんて欲しくないのに。それより、ことばが欲しかったのに。おめでとう、のひとことでよかったのに……。

そんな両親と暮らす家は、高価な家具や家電がそろい、整然としてモデルルームみたいだった。家政婦の手でつねに掃除されて、いつも芳香剤が匂っていたけれど、それがよけいに表面だけとりつくろっているように感じさせていた。

でも、郁巳に出会って、毎日が変わった。

バイクの後ろに乗せてもらって、風を切って走ったときの爽快感《そうかいかん》は今でも忘れられない。いやなことがすべてその風に吹き飛ばされていく感じがして、あんなに楽しいことってなかった。

そのとき、決めた。

いつかは両親が関心を向けてくれるかもって思っていたけれど、もう期待するのはやめよう。親なんてどうでもいい。学校なんてどうでもいい。この人さえいれば、それでいい。

そのときから、かよの世界の中心は郁巳になった。

「かよちゃん、待ってたよ」

ガレージへ入っていったかよを、郁巳が笑って迎える。

「昨日、殴ってごめんな。鬼瀬のこと、思い出しちゃってさ」

郁巳はソファーに腰をおろすと、となりにすわるかよの顔へ手をやった。腫れた左頬をそっとなでる。殴ったときの猛《たけ》りくるったようすとはうって変わった、おだやかなしぐさだった。

「……ほかの子も、殴ってんの？」

つきあっている女の子がほかにもいることは、かよも以前から気がついていた。一人、二人じゃない、たぶん何人もいるだろうことも。

それを問いただす気も、責めるつもりもなかった。郁巳がそばにいてくれるのなら、それでよかったから。

裕福に育った者どうし、郁巳とはどこか相通じるものがあって、だから、本命はあたし、ほかの子はみんな浮気相手と信じていた。

でも、このごろ、ほんの少しだけ。それでいいの？　と問いかける気持ちが心の片すみに生まれている。

やたら仲のいいカップルが身近にいて、毎日見せつけられているものだから……。

クサいなあ、暑苦しいなあ、とあきれていたのに、だんだんと、暑苦しいのも案外いいかもねなんて思いはじめてしまっていた。正直に言えば、少しだけ、うらやましいかもしれないな、なんて……。

「かよちゃんだけだよ。わかるだろ？　おまえにだけは、ぜんぶさらけだしてるんだよ。お前が、一番だから」

かよの肩へ郁巳は腕をまわして、胸のなかへ抱き寄せた。かよの欲しいものを、郁巳はくれる。抱きしめてくれる。おまえが一番と言ってくれる。

「かよちゃん、大好きだよ」

甘ったるい、ささやき。耳にここちよいことばが、やさしく酔わせてくれる。

「……あたしも」

あたしの居場所は、やっぱりここなんだ。この胸だけ。こんなぬくもりをあたえてくれる人は、ほかにはいないから。

心のなかでそうつぶやいて、かよの目に涙がこみあげてきた、そのとき、郁巳がまた耳もとでささやいた。

「じゃあ、ちょっと協力してね」

「え？」

なにを、と問い返す間もなかった。突然、腹に衝撃があって意識が遠ざかる。

かよの腹にめりこんでいたにぎりこぶしを、郁巳はゆっくりと離した。かよの体がソファーの座面にくずれおちる。

郁巳はかよのカバンをさぐると、スマートフォンをとり出して操作をはじめた。登録してある連絡先はさほど多くない。目当ての登録名を見つめる郁巳の口もとには、あのゆがんだ笑みがうかんでいた。

10 対決

奈緒《なお》は家へ帰りついてからも、昼休みのことが頭から離れなかった。

あのあと、かよからは無視されたままだった。話しかけたいと思いながらも、どう言ったらいいのかわからない。帰りのホームルームが終わるやいなや、かよはさっさと教室から出ていって、結局、奈緒はぐずぐずと悩んでいただけで、なにひとつ行動できずじまいになってしまった。

机で教科書を開いていると、かよと同じクラスになってからのいろいろなことが思い出されてくる。

玲奈《れな》たちにティッシュペーパーをぶつけられたときのこと、大雅《たいが》の悪口を言われたときのこと。

「助けたわけじゃない」とかよは言っていたけれど、やっぱり助けてくれたのだと思う。

口では厳しいことを言いながらも、いつも味方になってくれた。最初の日から、ずっと。こんな、ビビリで、ヘタレなのに……。

宿泊研修でいっしょにカレーを食べたときの笑顔が思い出されて、胸がつまったとき、机の端に置いたスマートフォンから着信音が聞こえた。

発信者には、かよの名前が表示されている。たしかめてみると、奈緒の目に飛びこんできたのは『助けて。』というメッセージだった。『エンジェルガレージ』と居場所がつけくわえられている。

すぐに奈緒は、かよに電話をかけた。何回もコールして電話はつながったけれど、

「かよちゃん⁉」

奈緒の呼びかけに返事はなく、数秒の沈黙のあと、通話は切れてしまった。やっぱり、これはただごとじゃない。

助けなきゃ——！

ただ、その思いだけが強く湧きあがってきて、奈緒はスマホだけつかんで部屋から飛び出した。

階段を駆けおりてくるあわただしい足音を耳にして、店で午後のお茶を楽しんでいた客

たちがなにごとかと注目する。カウンターの中にいた宗介《そうすけ》も、コーヒーをいれている最中の手を止める。早く行かなきゃとあせるあまり、宗介に事情を説明しておくことも奈緒は忘れていた。

かよが知らせてきた住所は、港に近い地域だった。

その場所をめざして、奈緒は走った。ふだんあまりこないところで、何回も道に迷ってしまう。ふき出した汗をぬぐいながらさがしまわって、ようやくそれらしきものをみつけることができた。

頑丈な鉄板でつくられた立方体のガレージが、ほぼ等間隔に何棟《なんとう》かならんでいる。どこも出入り口はぴったりと閉め切られているけれど、そのなかの一棟から灯《あか》りがもれていた。

「かよちゃん！」

その棟へ駆け寄って、半分だけ開いている戸口からのぞいてみた。返事はない。灯りはついているのに、室内には人影がない。

ここではなかったのかといぶかしみながら、奈緒は中へ足を踏み入れた。オイルの匂《にお》いが鼻をつく。

「こんにちは～」

妙にべたつくしゃべり方の声が、ふいに耳もとで聞こえた。

ふり向くと、いつのまにか郁巳《いくみ》が後ろにいた。その顔には、このあいだと同じようにゆがんだ笑みが貼り付いている。

郁巳のそばには、男が二人、忠実な家来といった感じにしたがっていた。いずれも郁巳と同じ年ごろで、やはり不穏なものをただよわせている。でも、左右を見まわしても、かよのすがたはない。

「え……、かよちゃんは？」

郁巳は答えず、笑みをうかべたままでいる。

まさか、罠《わな》だった――？

そうさとったと同時に寒気をおぼえて、奈緒は外へ出ようと駆け出した。が、すばやく戸が閉め切られた。

男たちがにやつきながら、奈緒の肩や腕をつかむ。

奈緒はさけび声をあげようとしたけれど、のどがまひしてしまって、震えるくちびるからかすれた息がもれただけだった。

なんか、集中できないな……。

学校の図書室、閲覧机《えつらんづくえ》で本とノートを開いていた大雅は、ため息をつきながら髪をかきむしった。

このところ、放課後、大雅は時間のあるかぎり図書室へ寄るようにしていた。宿題をやるとか読書ではない。学校以外の、ある目的の勉強のため。

でも今日は、昼休みのことが気にかかっているせいなのか、どうにも身が入らない。

いや、のんびりしてるひまはないぞ、気合い入れてやってかないと、と自分に言い聞かせて、再び、本に向きなおったとき、マナーモードに切り換えて置いてあったスマートフォンが着信を知らせた。

発信者には、奈緒の名前が表示されている。内容をたしかめたと同時に、大雅はイスを倒して立ちあがっていた。

『エンジェルガレージで、お楽しみ中でーす。』

短いメッセージのあとに住所がしるされて、画像が添付されている。奈緒がソファーにすわらされて、泣きそうな顔をしながら郁巳に肩を抱かれている画像。

荷物を席に残したままで、大雅は図書室から駆け出した。油断していた、もっと警戒するべきだった、と悔やみながら廊下を走っていく。

「おい！　どうかしたのか？」

よく知った声に呼びかけられて、大雅は足をすべらしそうになりながら止まった。三咲《みさき》の顔を見て、少しだけ冷静さをとりもどせた。やみくもにつっこんでいく前に、やっておかなくてはならないことがある。


「じっとしろ、オラッ！」

郁巳の仲間たちは、奈緒の腕や足を荒っぽくつかんで押さえつけようとする。すきをうかがって奈緒は何回も逃げ出そうとしたけれど、三人をふりきることはとうていできなかった。ひっしにあらがっても、小柄《こがら》な奈緒では男の力にかなうはずがない。二人がかりで押さえられて、床の上にしゃがまされた状態で身動きできなくなる。

このガレージ付近はあまり人通りがないから、だれかが偶然通りかかって気づいてくれる可能性もほとんどない。

「きみはエサなんだから、暴れないでよ」

郁巳は満足げに笑みをうかべながら、動けなくなった奈緒を見おろした。蜘蛛《くも》の巣にからまった獲物《えもの》をながめるように。郁巳は右手を固くこぶしににぎると、わざと恐怖をあおろうと奈緒の目の前へつきつける。

いきおいよく戸が開けられたのは、郁巳のこぶしが、奈緒に向かってふりおろされようとしたときだった。

「鬼瀬《おにせ》くん……！」

白っぽくかすんでいる奈緒の視界に、大雅の髪の赤い輝きが映った。奈緒を押さえつけている郁巳たち三人のもとへ、大雅はたった一人で歩み寄っていく。

「遅いよぉ」

大雅があらわれても、郁巳は笑みをうかべたままでいる。声だけ聞けば、まるで待ち合わせにやってきた友人を歓迎しているようだった。

「俺に復讐したいなら、俺を殴《なぐ》ればいいだろ！」

大雅につめ寄られても、郁巳は少しもひるんだようすはない。

「そのつもりだけど」

平然と答えて、郁巳はつづけた。

「おまえには、だいじなお父さんの信用、うばわれたからな。おかげで、お父さんの病院継げるか微妙なんだよ。俺の人生、どうしてくれんの？」

今日こそ決着をつけてやる。徹底的にやってやる。そんな執念が、郁巳の顔にぎらついている。大雅も火花が飛び散りそうな険《けわ》しい目つきで郁巳をにらみつけて、両手のこぶしに力をこめる。

またケンカになってしまう、と奈緒は胸がつぶれる思いがした。こんどは、きっとケンカになる。また殴り合いになってしまう。

けれども――。

今にも爆発しそうなにらみあいのあと、大雅はふっと息を吐いてこぶしをゆるめると、郁巳へ告げた。

「抵抗はしないから、好きなだけやれよ。その代わり、小暮《こぐれ》は放せ」

そのことばをきっかけにして、仲間の男が大雅へ躍《おど》りかかっていった。

「かっこつけてんなよ！」

大雅めがけて、男がパンチをくり出した。まともにくらって大雅はくずおれたが、すぐに立ちあがる。

「やめて……！」

悲鳴のような奈緒のさけびが響く。大雅に駆け寄りたくても、もう一人の男に後ろから腕をつかまれて動けない。

ガレージの外までころがり出ていた大雅は、再び、よろけながらも立ちあがった。制服のシャツもズボンも泥やほこりに汚れている。

本番はこれからだとばかりに、郁巳はゆっくりと大雅のほうへ歩み寄っていった。ねめつける郁巳の前に、大雅は無防備に全身をさらしている。大雅の腹をめがけて、郁巳は思いきり蹴りを入れた。

大雅はよろけて、数歩後ずさる。それでも防御をしない。つづけて、二発、三発、四発。郁巳は力まかせに蹴る。

大雅は低くうめきながらのたうちまわったあと、また体を起こして、その場へしゃがみこんだ。そして、ぐらぐらと体をゆらしながら、両手を背中の後ろで組んだ。

自分からは絶対に殴らない。どれだけやられても、けっして自分からは手を出さない。はっきりと、その意志表明をする。

けれども、郁巳と男たちはそれを見てもためらうどころか、かえっていきりたって襲いかかっていった。

「やめてっ！」

奈緒は思いきり体をねじって男の手をふりきると、体当たりするようにして郁巳の足にしがみついた。奈緒の手や足もひっかき傷だらけになっていたけれど、自分の痛みはもう頭になかった。

「じゃますんな！」

郁巳はいまいましげに、奈緒をふりはらった。あっけなく奈緒の体はころがる。コンクリートの上へつっぷしたところをさらに郁巳が蹴り飛ばそうとしたとき、大雅が奈緒の前へ立ちふさがった。

「言っただろ。俺をやれ、って。俺は、小暮を守るって決めたんだよ！　約束したんだよ……！」

やってくれとたのむなら、お望みどおりやってやる。そう言うように郁巳たちは、大雅をとりかこんで、いっさい手加減せず、殴る、蹴る、をくり返す。相手を生きた人間とは思っていないように。

「もうケンカはしない」——奈緒に言ったことを、本気で、命がけで、大雅は守りぬこうとしている。

大雅が殴られるたび、蹴られるたび、奈緒はまるで自分がやられているように痛みを感じる。あふれてくる涙に、大雅のすがたがにじんでゆれる。

「いってぇ！」

ふいに、郁巳が両手で顔をおおった。郁巳の顔から胸もとまで、どろりとした赤い液体がついている。

奈緒があたりを見まわすと、すぐそばの物陰にいたのは宗介と三咲だった。二人とも、手にチューブ容器を持ってかまえている。店で使っているチリソース。しかも、うんと辛《から》味《み》の利《き》いた濃厚なやつ。

「なんだ、おまえら！」

男たちはつかみかかろうとしたが、たちまちチリソースを浴びせられて顔を押さえた。

「郁巳さん！　だいじょうぶっすか!?」

男たちは目をしょぼつかせながら、郁巳をひっぱって、ガレージ前に停めていた車へ乗りこんだ。郁巳はまだ顔を押さえて、痛い、痛いと身をよじらせている。

「鬼瀬！　小暮！　早く逃げろ！」

三咲がさけんだ。

宗介は倒れている大雅を助け起こすと、肩へかつぐようにして歩き出し、奈緒もそれをささえていく。

「おい！　矢代《やしろ》どこだ⁉」

三咲はどなったが、郁巳たちの車はすでに発進していた。

ガレージの中にはいない。付近に停めてあるトレーラーハウスを一台ずつたしかめていくと、キーのかかっていない車があった。

車内をのぞくと、かよが簡易ベッドに横たわっている。口に布でさるぐつわを噛まされて、両手、両足首を紐《ひも》で固く縛られているものの、ケガをしているようすはない。

「矢代！」

かよは苦しげに眉を寄せたあと、すぐそばに三咲がいるのに気づいて目をみはった。

「だいじょうぶか⁉」

三咲は紐をほどこうとするけれど、あせってうまく手が動かない。やっとほどくことができたとき、かよはいつものすましたような表情にもどっていた。あたしは平気なんだから、と主張するように。

「……なに強がってんだよ」

三咲の顔がゆがむ。かよの無事をたしかめることができて、三咲のほうが泣きそうになっている。

それに気づいたとき、かよの顔もまた、こみあげてくる嗚咽《おえつ》にくずれていった。

三咲は両腕でつつみこむようにして、かよを抱き寄せる。三咲はもうなにも言わずに、かよの背中をそっとさすって、あふれる涙をうけとめつづける。

奈緒は宗介といっしょに、ふらつく大雅をささえながら逃げていき、ガレージから数百メートルほども行ったところでようやく足を止めた。

助かった……。

ホッとして息をついたとたん、奈緒は急に足から力がぬけてコンクリートの上へしゃがみこんだ。気がゆるんで、いっきに涙があふれてくる。倒れこんでいる大雅に、奈緒は声をあげて泣きながらしがみついた。

「ケガ、ないか?」

大雅が体を起こして、泣きじゃくる奈緒を気づかってくる。

「鬼瀬くんが、一番ケガしてるくせに！」

「そりゃそうか」

大雅は少し笑ってから、小さくうめいて顔をしかめた。それを見て、宗介がスマートフォンを操作しはじめる。救急車を呼ぼうとしているのだと察して、大雅は手でおさえるしぐさをして止めた。

「だいじょうぶです、このくらい」

宗介と奈緒に向かって、大雅は笑みをうかべてみせる。奈緒に心配させまいとして、けんめいに耐えている。

「鬼瀬くん……」

奈緒は想いがあふれてしまって、うまくことばにならない。言いたいことはたくさんあるのに、なにから言ったらいいのか。

ちゃんとわかってるよ、と伝えるように、大雅は奈緒の目を見てうなずいてから、

「俺、決めたんだ」

ときおり痛みに頬をひきつらせながらも、しっかりとした口調で話しはじめた。

「宗介さんみたいに、いつも小暮を〝おかえり〟って迎えようって。だから、卒業したら、調理師免許とか栄養士の資格とかもちゃんと取って、店持つために修業しようって。それくらいししか、俺なりに小暮を守る方法、思いつかなかった」

これで正解なのかは、わからない。

でも、自分にできることを、せいいっぱいやっていくしかない。

だから、ばく然とした夢にしかすぎなかったものを、少しずつ実現していこうと決めた。どうすれば店を持てるのか、どんな準備が必要なのか、図書室で調べたり、調理士や栄養士の問題集に取り組みはじめた。今すぐ形になるわけじゃない。何年もかかる。それでも、努力しているすがたを見せて、口先だけじゃないことを証明したい。そうすれば、きっと、いつか、宗介にも認めてもらえると信じて――。

大雅のひとこと、ひとことが、奈緒の胸の奥深くにしみていく。痛みに耐えながら、心の底から、ありったけの誠意をこめて語られていることが伝わってくる。

その重みを噛みしめるように、しばらくのあいだ、奈緒はじっと口を閉ざしていた。そして、顔をあげて、大雅に告げた。

「……もう、守らなくていいよ」

「え？」

意味がわからずにいる大雅に、奈緒はつづけた。

「鬼瀬くんは、突然私の前へあらわれて、たくさん私を守ってくれた。鬼瀬くんのおかげでいじめられなくなったし、トンネルで動けなくなったとき、助けにきてくれた。なにより、こんなビビリでヘタレな私のこと……、好きって言ってくれた。まっすぐ、気持ちをぶつけてくれた」

奈緒の目には、もう涙はない。

一番つらいはずの大雅が泣かずにいるのに、自分が泣いてはいられない。ぐずぐず泣いていたって、なにも変わらない。

「私、鬼瀬くんのために強くなる。こんどは私が、鬼瀬くんを守る」

奈緒はいったんことばを切って、それから、大雅をしっかりと見つめながらくり返した。

「守りたい」

たとえ宗介が、大雅とつきあうのを許してくれなくても、あきらめたりしない。認めてもらえるまで努力する。

こんなふうに奈緒が自分の気持ちをきちんと話したことは、これまでなかった。いつも、察してくれないかな、だまっていてもなんとかなってくれないかな、と願いながら身をちぢこめていた。それはきっと、自分の意志をことばにしてしめすことで、責任を持ったり、だれかと闘ったりすることが、怖かったから――。

「宗ちゃん……」

奈緒はつぎに、宗介のほうへ向きなおった。力のこもった奈緒のことばに、大雅も、そして宗介も目をみはっている。

「宗ちゃんは今まで、ぜんぶを犠牲にして、私のそばにいてくれた。私は、なんにもわかってなかった。こんなに想ってもらってたのに、ほんのちょっとも、その気持ちに返せなくて……」

「奈緒……」

「私なりに、宗ちゃんのためにできることってなんだろうって考えて、強くなることなんだって思った。宗ちゃん、私は、もうだいじょうぶ。もうビビらないし、ヘタレもしない。なにがあっても、守りたい人ができたから」

トンネルの出口は、今、見えている。

その出口へ向かって、こんどは、自分で歩いていきたい。だれかに助けてもらったり、手をひいてつれ出してもらうのを待つのではなく、ちゃんと自分だけで出口までたどりつきたい。

もう、六歳の子どもではないのだから。

大雅が命がけで、奈緒に言ったことを守ろう、奈緒を守ろうとしてくれるのを見て、やっとわかった。自分に責任を持たなければ、自分の足で立とうとしなければ、なにも守ることはできない。

だから、奈緒は決心した。

これからは自分の足で歩いていけるよう、強くなりたい。強くなって、たいせつな人たちを守りたい。

「……ちがうよ」

だまって聞いていた大雅が、ふいに口を開いた。

「え？」

「小暮はもう、とっくに俺のこと、守ってくれてたんだよ」

大雅にそう言われても、奈緒には自覚がない。助けてもらうばかりで、テスト勉強以外ろくに役にたてたことすらなかったのに……。

いぶかしげにしている奈緒に、大雅は少し笑みをうかべながら語りはじめた。

今まで、なかなかうちあけられずにいたことを。奈緒に告白したのは、突然ではなかったことを――。


一年ほど前、激しく雨のふりしきっていた日――。


母親をなじってアパートを飛び出したあと、理由もさだかでないようなことから郁巳たちとケンカになった。

むしゃくしゃしてたところだ、ちょうどいいや、思いっきり暴れてやれ。そんなつもりで威勢よく殴り合いをはじめたけれど、そのあげく、自転車をふりおろされて失神するはめになった。

意識をとりもどして、足をひきずりながら陸橋まで行ったところで、大雅は手すりの柵にもたれてへたりこんだ。

でも、大雅が傷だらけで雨にうたれていても、通りすぎる人たちはみんな無関心だった。かかわりあいたくないのかもしれないし、あるいは、目にも入っていないのかもしれない。

大雅は自分が、道ばたにころがったごみになった気がした。もしかしたら、このまま雨に体温がうばわれていって、だれにも気づかれないうちに、ひっそりと息が止まるのかもしれない。

それでもいいや、と思った。どうせ、俺がいなくなったって、だれも気にとめやしないんだからさ。このまま消えてもいいや……。

しきりと顔をたたいていた雨がふいに止まったのは、そのときだった。あれっ、雨がやんだのかな、と思ったけれど、そうではなかった。

いつのまにか、大雅の頭上から雨をさえぎるようにして、すぐ脇に傘が置かれていた。

小ぶりの赤い傘。

うっすらと開いた目の前に、スカートからのびた細い足と白いソックスが映る。その子はカバンをさぐると、なにかを大雅の右手にそっとのせて、それから、雨のなかを駆け去っていった。赤い傘を残したままで。

手のひらへ目をやると、そこにあったのは絆創膏《ばんそうこう》だった。箱には、擬人化《ぎじんか》されたミツバチの絵がカラー印刷されている。

駆け去る足音のほうへ首を向けると、ほっそりとした小柄な後ろすがたが見えた。ソックスには水がいっぱいはねて、肩ほどまでのやわらかそうな髪が雨で濡れそぼってしまっている。

あんなになって……、自分が濡れてるじゃないか。

そう思ったとき、これまでに感じたことのない疼《うず》きが胸に走って、そして、雨ではない熱いものが頬をつたっていった。

このまま、ここでへたりこんでちゃいけない。

このまま消えてもいいなんて、やけっぱちになるのはよそうと思えてきて、大雅は力をふりしぼって立ちあがり、雨の街を歩き出した。

片手に、赤い傘をさしながら。もう一方の手には、ミツバチの絆創膏をしっかりとにぎりしめて――。

家へ帰りつくと、物が散乱した室内を母親がかたづけていた。床に目をこらして、割れたコップの破片をひろいあつめている。

「大雅、どうしたの！　そんなに濡れて……。ほら、ここ、すわって」

母親は急いでタオルを持ってくると、大雅の髪や顔をぬぐってくれた。ひどいことばを投げつけて出ていったのに……。

すまなさで胸がいっぱいになったけれど、あやまるきっかけがつかめない。

それを救ってくれたのも、ミツバチの絆創膏だった。途中で頬の傷に貼ってきた絆創膏に目をとめると、母親がわずかに笑みをうかべた。

「かわいい絆創膏。どうしたの、それ」

「……もらった」

「やさしい友達ね。だいじにしなきゃ」

「母さん……、ごめんね。俺、ただ寂《さび》しかっただけなんだ」

自分でもおどろくほど、正直な気持ちがことばになって出た。母親は目をみはり、それから、おだやかな笑顔に変わっていく。ああ、そうか、かんたんなことだったんだ、と大雅は気づいた。すなおになればいい。それだけでよかったんだ。

そのあと、家へ帰りつくまでの道すがら、雨のなかを歩きながら考えたことを母親に告げた。

「俺……、一から、やりなおす。母さんのことも、守るから」

母親は小さく首をかしげて、いたずらっぽく笑いながら問い返した。

「〝も〟、って、ほかにも守りたい人がいるの？」

「うん……。守りたい、と思ってる人がいるんだ」

大雅はうなずいて、玄関に置いてある赤い傘へ目をやった。

『小暮奈緒』――柄《え》の部分に貼られているシールには、住所とともに、持ち主の氏名が細字の油性ペンで記されている。

後ろすがたしか見ていない、あの子。

たった一人だけ、足を止めてくれたあの子。

あの子は、心にも、冷たい雨をしのぐ傘をさしかけてくれた。こなごなにくだけ散る寸前になっていた心を守ってくれた。

あの子のことを考えれば、これからも、きっと、どんなことでもがんばっていける気がする。

「小暮のおかげで、俺は立ちなおれた。やさしくなれたんだ。だから……、最初に守ってくれたのは、小暮だった」

一年前の出逢《であ》いを語り終えて、大雅は奈緒に微笑みかける。

お礼を言いたくて、住所をたよりに店の近くまで行ってみたこともある。中へ入れないでいるうちに日がすぎてしまったけれど、高校で再会したときには、こんどこそ、すぐに想いをうちあけようと決めたんだ――と、大雅はつけくわえた。

大雅の話を聞いて、奈緒にも一年前の記憶がよみがえってきた。

ずぶ濡れになって帰宅した、あの日。

ほんとうは病院へつれていくとか、救急車を呼んであげるとかしなければいけないと思った。それなのに、かかわりあいになるのが怖くて、傘と絆創膏を残しておくことくらいしかできなかった。

たった、それだけのこと。

それだけのことだったのに、こんなふうに、ずっと感謝してくれていたなんて……。

「奈緒は、不器用で……」

先に口を開いたのは、それまでじっと耳をかたむけていた宗介だった。

「自分が思ってることを人に伝えるのも、すごくにがてで……。俺は、そんな奈緒が心配で、いつだって目が離せなかった。いつも、奈緒が強くなってくれることを願ってた。なのに……」

宗介はいったんことばを切ると、少し声を震わせてつづけた。

「なのに、なんで……、こんな寂しいんだろうな」

宗介は気づいていた。

こんなたいへんなめにあったのに、さっきから奈緒は、「怖い」「無理」を一度も言っていない。奈緒は今、確実に変わっていこうとしている。

「宗ちゃん……」

「宗介さん……」

奈緒と大雅はそろって、宗介を見つめる。メガネの向こうで、宗介の目がうるんでいるのがわかる。

「子離れもできない、ほんとう親バカっていうか、ダメな大人だよ。でもな、ずっと、奈緒と二人だったんだ」

宗介は目をしばたたいて涙をこらえると、これだけはしっかりと言っておかなくては、というように声を強くした。

「俺のすべては……、奈緒だったんだ」

そのことばに、奈緒は胸がつまった。

奈緒もそうだった。宗介がすべてだった。宗介に守られてどれほど幸せだったか、あらためて感じたとき。しゃくりあげる声が聞こえたと思ったら、まっ先に泣きだしていたのは大雅だった。

「なんで、おまえが泣くんだよ！」

先に大雅に泣かれてしまい、かえって宗介は涙がひっこんでしまった。

「だって……、すみません……」

あやまりながら大雅は泣いている。見かけによらず、大雅は案外と涙もろい。それを見つめる奈緒の頬にも涙がつたっている。でも、ふたりは顔を見あわせて、泣きながら微笑みをうかべる。

そっくりの表情をして泣き笑いするふたりを見ながら宗介は、大雅があいさつにきたときのことを思い出していた。

「きみには、奈緒は守れない」――あんなふうに偉そうに言い放ったけれど、じつのところ、自分だって最初は、どうすれば奈緒を守れるのかなんて、具体的なことはなにも思いうかばなかったのだ。

九年前、姉夫婦が突然亡くなったとき、これからいったいどうすればいいのか、宗介は途方にくれた。

ただ、方法はわからなくても、奈緒を——姉夫婦の忘れ形見を守るんだと、それだけを強く思った。ちょうど、大雅と同じように。

だから、このあいだは大雅が、九年前の自分とかさなって見えてしまって……。つい、態度が厳しくなってしまった。

でも、同じだったんだよ、ということは、今はまだ大雅におしえない。やっぱり、正直、くやしいから——。

11 ふたりいっしょなら

行こうか、やめようか。

昨夜から、かよは迷いつづけ、今朝になってもまだ迷いながら、のろのろと通学路をたどっていた。

この道の先で、いつも郁巳《いくみ》が待っていて、バイクのタンデムシートに乗せてもらって登校するのがこのごろの日課だった。

昨日、あんなことをしたというのに、郁巳から何回も着信があった。

いつもの場所で待ってるから、としきりにメッセージを送ってきて、かよが『行くかどうか、わからないよ』と返事をしても、いつまでも待ってるからね、などとくいさがってくる。

気持ちのさだまらないままに歩いていくうちに、待ち合わせの場所が近づいてきて、バイクにもたれて立つ郁巳のすがたが視界に入った。

「きてくれたんだ、かよちゃん」

かよに気づくと、郁巳は心底待ちわびていたといった感じの笑顔を向けてきた。

「……あの」

かよは口ごもる。迷いを封じるように、郁巳はいっそう表情をやわらかくして、かよの髪をなでてきた。

「昨日は、ごめんな。でも、おまえなら、俺の気持ち、わかってくれるよな？」

いかにも本心から反省して、許しを求めているように聞こえる。

激しく罵《ののし》ったり殴《なぐ》ったりしたあとには、とても愛《いと》しげに抱きしめてくる。それを何度もくり返されてきた。たまに乱暴になるだけで、やさしい郁巳のほうが本物なんだと、そう信じていた。信じたいと思っていたけれど……。

それはまぼろしにすぎなかったと、もう、わかっている。たぶん、ほんとうは、ずっと前から。

「おまえだけ」「おまえなら」――これは、呪文。

おまえは特別なんだよ、と夢見ごこちに酔わせる。この呪文にとらわれると、頭がまひしてしまう。

復讐する道具に使われたのに、そんなあつかいをされても、郁巳に怒ることもできず、きっぱりと無視することさえできない。まぼろしでもないよりましだと、郁巳にすがりついてしまう。

かよの気持ちなど見透かしたように、郁巳は薄笑いをうかべている。かよが意のままになると、いまだに疑いもしない。郁巳と向かいあっていると、その引力に、また吸い寄せられていってしまいそうになる。

さあ、おいで、と郁巳がかよをひき寄せようとしたとき、駆け寄ってくる足音が聞こえたかと思うと、あらわれたのは三咲《みさき》だった。

「俺のだいじなもんに、これ以上近づくんじゃねぇよ！」

三咲は郁巳を押しのけて、かよを背中へ隠した。

「……あ？　なに、おまえ」

郁巳は三咲をにらむと、

「かよちゃん？」

と、かよをのぞきこんだ。

郁巳にうながされても、かよは三咲の後ろから出ようとしなかった。郁巳と目を合わせず、うつむいている。

「は？　なに、おまえら」

郁巳がいらだって、急に口調がぞんざいになった。それでも、かよは出ていかない。

「ガキどうし、ままごとでもやってろ。クソッ！」

捨てゼリフを残して、郁巳はバイクに飛び乗った。

排気音が遠ざかっていく。二人だけになったあと、しばらくのあいだ、かよと三咲はどちらもだまったままでいた。

「……なんでいんの？　後、つけてたの？」

つい、かよは憎まれ口をきいてしまう。昨日抱きしめられたことがちらついて、二人だけなのがおちつかない。

かよの正面にまわって、三咲は答えた。

「俺も、だいじなもん、守るって決めたから」

昨日、大雅《たいが》が奈緒《なお》のために耐えるすがたを目の当《ま》たりにして、三咲も決めた。ためらっていては、たいせつなものを守ることはできない。本気ならば、おそれずに進まなくては。

まず、自分から。

「だいじなもん」——そのことばに、かよは思わず三咲を見あげた。

三咲は照れくさそうに頬を赤くほてらせながらも、目をそらすことなく、かよの返事を待っている。

かよは、今、大きな岐路に立っているのを感じた。

この場にとどまるのか。

郁巳を追いかけるのか。

今ならば、どちらを選ぶこともできる。

かよは以前、奈緒に問いかけたことを、こんどは自分自身に向けてみた。

シンプルに、いやなのか、うれしいのか。

強がりをとりはらって、かっこつけるのもやめて、自分の心をのぞきこむ。

こうして三咲といっしょにいるのはおちつかないけれど、けっしていやじゃない。三咲がそばにいてくれることが、うれしい。こんなふうにたいせつに想ってもらうことなんて、これまでなかったから……。

胸のなかに、今、ほのかな灯火《ともしび》のような、みずみずしい芽のような、まだ小さいけれど温かなものが生まれている。

この芽を、育ててみようか。

自分でも水をやり、栄養をやって、いつくしんでみようか。

そう思ったとき、かよの顔に微笑みがうかんだ。自分の心から聞こえてくる声にしたがって、かよは一歩、前へ踏み出した。

手をのばせばとどくところにある、三咲の微笑みへ向かって——。


その週末は、朝からとてもいい天気になった。青い絵の具をたっぷりと流しこんだような、澄みきった空が一面にひろがっている。

「宗《そう》ちゃん、行ってきます」

奈緒は自転車のサドルにまたがると、店のドアの前にいる宗介《そうすけ》をふり返った。

今日はこれから、大雅と会うことになっている。

奈緒が外出すると言うと、これまで宗介はやたら心配したものだけれど、大雅といっしょならだいじょうぶと安心してくれたらしい。どこへ行くのかとか、何時に帰るのかとか、こまかいことはたずねない。

「気をつけてな」

わかってるよ、と言うように奈緒は笑顔で宗介にこたえて、青く晴れわたった空のもと、自転車のペダルを踏みはじめた。速度が上がるにつれて風が生まれて、ここちよく頬をなでていく。

ところが、少し走って近くの公園まで行ったとき、あわただしい足音が聞こえてきた。

「奈緒————っ！」

びっくりしてブレーキをかけると、宗介が走ってきている。

「宗ちゃん？」

「ちょっと、ごめん」

ころげるように宗介は追いついてきたけれど、息が切れていて、なかなかつづきを言えない。

「私、なにか忘れ物した？」

「……いや、俺」

少しだけ宗介は口ごもってから、ふいに、自転車の荷台に手をかけた。

「自転車、押させてくれ」

「え？」

とまどう奈緒になにも説明せず、宗介は荷台をつかんだ手に力をこめた。押されるとバランスがくずれて、自転車がぐらつく。

「ちょっ……、宗ちゃん？」

奈緒は意図がわからないままに、両方のペダルに足をのせなおして、再び、ゆっくりと踏み出した。

「奈緒、重くなったな」

やっと今ごろ気がついたよ、といった感じに宗介は笑う。それから、ちらちらと後ろを気にする奈緒に、大きな声で指示をした。

「ほら、前見て！　こぐ！」

「え、え？」

進んじゃっていいのかな、止まらなくていいのかな、と迷いながらも、少しずつ、奈緒はペダルを踏む足に力を入れていく。

「なあ、奈緒！」

宗介は荷台を押しながら、足を速める。

「おまえは、俺が奈緒のために、ぜんぶ犠牲にしたって思ってるかもしれないけど、それはちがうぞ！　奈緒を守ることが俺の幸せだってことに、嘘はない！」

思わず奈緒はふり向いたけれど、

「はい、前向く！　危ないぞ！」

すぐに宗介に指示されて、前へ向きなおった。息をはずませて走りながら、宗介は声を大きくしてつづけた。

「俺は、おまえが幸せなら、それでいい！　おまえが笑顔でいてくれたら、俺もうれしい！」

さらに、宗介は声をはりあげる。

「俺も、もうだいじょうぶだから！　これからも、いっぱいいっぱい、笑うんだぞ！」

奈緒の目が熱くうるんでくる。

宗介が急に後ろから押そうとした意図が、ようやく奈緒にもわかった。きっと宗介の頬にも涙があるはずだと、背中から伝わってくる。

でも、奈緒はあえてたしかめない。いっそう力をこめてペダルを踏みこむ。だんだんと速度が上がっていく。宗介はもう、自転車を押しているというより、ぎりぎりで荷台に手をひっかけている状態になっている。

「どこへでも行きやがれっ！　幸せになるんだぞぉっ！」

あたりいっぱいに響きわたるような、ひときわ大きな声で宗介はさけんだ。そして、荷台にかけていた指をほどいて、その場に足を止めた。

宗介の手が離れても、倒れることも、ふらつくこともなく、奈緒は自転車をこぎつづけていく。

やがて、脇の道からちょうど大雅があらわれて、宗介をふり返っておじぎをしてから、奈緒の横へならんだ。ふたりはいっしょに走りはじめる。

いいぞ、その調子！

宗介は涙をぬぐい、大雅とならんだ奈緒の背中に向かって、心のなかで声をかけた。

自転車をこいでいく奈緒を見送っていると、六歳のころ、練習していたときのすがたがよみがえってくる。

怖くて乗れっこないと奈緒はわめいて、なだめたり、はげましたりして、ずいぶんたいへんだった。でも、少しも苦ではなかった。むしろよろこびだったと、あらためて宗介は感じている。

姉夫婦が亡くなったと報《しら》せをうけた、あの夜――。

宗介は途方にくれて、自分まで息が止まり、足もとがくずれて底なしの闇にひきずりこまれていくようだった。

でも、姉夫婦の家へ駆けつけて、奈緒が泣きながら小さな手でしがみついてきたとき。はっと正気にもどって、踏みとどまった。しっかりしろ、この子を守るために生きなければ、と自分に言い聞かせることができた。

六歳の子どもの、小さな手。

あの手が、救ってくれた。ささえてくれた。そのことに、奈緒は気づいていないだろうけれど……。

あのときから、九年間。

日々成長していく奈緒は、よろこびを、幸せを、ずっとあたえつづけてくれた。

だんだんと姉に似てくる面《おも》ざしに、姉の体は消えてしまっても、生きた証《あかし》はたしかにこの世に刻まれているのだと感じさせてくれた。

幼かったあの子に好きな相手ができたなんて、いっしょに走っていく相手ができたなんて、もう補助輪も、後ろで押してやる必要もないなんて、正直に言えば、たまらなく寂《さび》しいけれど……。

でも、しっかりと自転車を走らせていくすがたが、とても、とても、まぶしい。

遠ざかっていく奈緒の背中に向かって、もう一度、宗介は心のなかでありったけの声援を送った。

いいぞ、奈緒！

その調子で、走っていけ！

風を切って、自分の足で、力いっぱい進んでいけ。

未来へ向かって、どこまでも――。

奈緒を見送ったあと、店へもどった宗介は、表のドアにかけてある札を『CLOSE』に替えた。

奈緒には話していなかったけれど、このあと、特別な客がくる予定になっている。その客のために、店は貸し切りにしておきたい。

開店前にひととおり掃除はしてあるけれど、テーブルやイスのゆがみをなおしたり、観葉植物の枯れ葉をとりのぞいたり、カウンターの上を拭《ふ》きなおしたりして、あらためて店内を整えながら客を待つ。

壁の時計が約束の時刻をしめしたのとほぼ同時に、ドアが開けられた。

あいかわらず時間厳守だな、と宗介は口もとに笑みをうかべて、その特別な客――南野《みなみの》葵《あおい》を迎えた。

不器用なくらいまじめで、なにごとにもまっすぐで、努力を惜しまない。地味な作業にも手を抜かない。きつい仕事もいとわない。芯が強くて、ひたむきで、こうと決めたら最後までやりぬく。いっしょに働いていたころから、葵は変わっていない。

「ごめん。わざわざ、きてもらって」

ドアの近くでたたずんでいる葵に、宗介のほうから声をかける。

「ううん、いいの。このあいだ、私、ちょっと強引すぎたかもしれないって、気になってたし……」

「まあ、すわって」

宗介は少し笑ってみせて、葵をカウンター席へうながした。

今日は、宗介のほうから、店へきてくれないかとたのんであった。背すじをのばして席についている葵は緊張しているようにも見える。呼び出すからには話があるのだろうと察しがついても、どんな内容かまでは見当がつかず、葵は不安げに宗介のようすをうかがっている。

宗介はしばらくだまったままで、ドリッパーにフィルターをセットしたりしていた。葵も無言でそれを見守る。とくにていねいにいれた一杯を葵の前へ置くと、コーヒーの香りの流れるなかで宗介は口を開いた。

「……種子島《たねがしま》の話、くわしく聞かせてくれないか」

葵は目をみはって、にわかには信じられない、聞きまちがえてはいないか、と問いたげな表情で宗介を見つめる。そのまなざしをうけとめながら、宗介は微笑みをうかべてつけくわえた。

「俺の、奈緒への気持ち……、託す相手がみつかったんだ」

そのことばにこめられているものを察して、だんだんと、こわばっていた葵の頬がほぐれていく。そして、葵の顔にも、宗介と同じような微笑みがひろがっていった。

七月の陽射しが、キラキラとふりそそいでいる。

寄せては返す波の音はゆったりとしたリズムを刻み、砂浜は白く光り、空と溶けあいそうなほど海は青く澄んで、目に映るなにもかもがまぶしく輝いている。

奈緒と大雅はならんで砂浜を歩きながら、水平線の彼方《かなた》をながめる。

ふたりでいっしょに潮風に吹かれていると、見慣れているはずの海もいっそう美しく感じられる。あと半月もしたら、ここも海水浴客でにぎわうだろうけれど、今はまだ人影も少ない。

「小暮」

砂浜のなかほどで、大雅は足を止めた。

なにかを背中へ隠すようにして、奈緒の正面へ立つ。それから、奈緒へ向かって、さっとそれをさし出した。

奈緒の前にあったのは、三本の薔薇《ばら》。

こんなプレゼントを用意してきてくれたなんて、奈緒は思いがけなくて、とっさにお礼も出てこない。

「つきあって、三カ月記念」

大雅はそう言ってから、三本になっている理由をおしえた。

「一カ月に、一本ずつ増えていく形式な。そんで、この薔薇が108本になるまで、絶対、離さないから」

「108本？」

「うん。108本の薔薇の花言葉は――」

いったんことばを切ってから、大雅は深く息を吸いこんで告げた。

「結婚、してください」

もちろん、よろこんで――！

奈緒は答える代わりに、両手をひろげて大雅に飛びついた。いきなりで大雅はバランスをくずして、奈緒をうけとめながら後ろへ倒れる。熱せられた砂の上で、ふたりは抱きあうかっこうになってしまった。

大雅のことばがうれしくて、つい大胆なことをしてしまったのが恥ずかしい。奈緒は急いで少しだけ体を起こして、

「ごめん、なさ……」

あやまろうとしたけれど、声は途切れた。大雅が両腕に力をこめて、奈緒を抱きしめる。大雅の胸のなかへ、再び、奈緒の顔がうもれる。

真上からの太陽に照らされながら、そのまま、ふたりはじっと抱きあっていた。こうし

ているだけで、心がすみずみまで満たされていく。

奈緒を抱きとめたまま、大雅は体を起こすとつぶやいた。奈緒だけに聞こえる声で、奈緒だけを瞳に映しながら。

「すげぇ、幸せ」

大雅の瞳を見つめながら、奈緒も答える。

「私も。すごく、幸せ」

入学第一日めにも、こんなふうに抱きあって地面にころがった。

あれから、三カ月。

いろいろなことがあったけれど、ここまでたどりつけた。あの日のこと、きっと大雅も今、奈緒と同じように思い出している。

ふたりの顔に、どちらからともなく笑みがうかんでくる。今、同じ風を感じていられる。同じ時間をすごせる。それだけで、すごく幸せ。

奈緒と大雅は見つめあい、おたがいのひたいを軽く合わせて、いっそう笑みを深くする。

三本の薔薇を持って、ふたりは砂だらけになりながら笑いあっていた。

～エピローグ～

一カ月たつごとに、一本ずつ、真紅《しんく》の薔薇《ばら》は増えていく。

最初のうちは片手で持てていたものが、だんだんと、両手でないと持てなくなっていく。

そして、つきあいはじめて、十回めの春。


なつかしいなあ……。

高校の校庭をゆっくりと歩きながら、奈緒《なお》は目をほそめた。風にのって桜の花びらが舞うなか、部活にはげむ生徒たちのかけ声が響いている。

この学校を卒業してもう六年たつけれど、花壇の植物とかこまかいところのほかは奈緒たちが通っていたころと変わっていない。

待ち合わせの場所をめざしていくと、そこにはすでに背の高い人影があった。

選んだのは、体育館の裏。

今日のためには、ここが一番ふさわしい。入学第一日め、告白された場所。

奈緒をみつけて、大雅《たいが》は緊張した面《おも》もちで歩み寄っていく。両手を背中へまわしているけれど、持っている物は大きすぎて隠しきれていない。大雅の後ろに赤い物がちらついている。

姿勢を正して待つ奈緒のもとまで行くと、大雅は正面に立った。ふたりとも、おたがいをまっすぐに見つめる。

大雅は持っていた物を奈緒に向かってさし出すと、深呼吸をしてから、約束していたとおりのことばを告げた。

「俺と、結婚してください！」

このことばを贈ってもらえる日を、奈緒は待ちこがれてきた。

目の前にあるのは、108本の真紅の薔薇。

奈緒の答えは、もちろん決まっている。

両手でも持ちきれないほどの花束をうけとって、むせかえるような香りにつつまれながら奈緒は大きくうなずいた。

「はい！　よろこんで！」


砂浜で約束したときから、今日まで、ふたりで歩調を合わせながら、ささえあって進んできた。薔薇が一本増えるごとに、ますます想いは深まっていった。

見つめあうふたりの顔に、いっぱいの笑みがひろがっていく。

夢みたいだけれど、夢じゃない。108本の薔薇の花は、たしかに今、ずっしりとした重みとともに腕のなかで咲きほこっている。

今日から、また、新しい日々がはじまる。

ふたりいっしょなら、これからもきっと、それだけで幸せ。

毎日が夢みたいに、すごく、すごく、幸せ。


―― END ――

※この作品はフィクションです。実在の人物・団体・事件などにはいっさい関係ありません。

集英社オレンジ文庫をお買い上げいただき、ありがとうございます。
ご意見・ご感想をお待ちしております。

● あて先
〒101-8050　東京都千代田区一ツ橋2-5-10
集英社オレンジ文庫編集部 気付
下川香苗先生／目黒あむ先生

映画ノベライズ

honey

集英社
オレンジ文庫

2018年2月25日　第1刷発行
2019年6月17日　第4刷発行

著　者　下川香苗
原　作　目黒あむ
発行者　北畠輝幸
発行所　株式会社集英社
〒101-8050東京都千代田区一ツ橋2-5-10
電話【編集部】03-3230-6352
【読者係】03-3230-6080
【販売部】03-3230-6393（書店専用）
印刷所　大日本印刷株式会社

※定価はカバーに表示してあります

造本には十分注意しておりますが、乱丁・落丁（本のページ順序の間違いや抜け落ち）の場合はお取り替え致します。購入された書店名を明記して小社読者係宛にお送り下さい。送料は小社負担でお取り替え致します。但し、古書店で購入したものについてはお取り替え出来ません。なお、本書の一部あるいは全部を無断で複写複製することは、法律で認められた場合を除き、著作権の侵害となります。また、業者など、読者本人以外による本書のデジタル化は、いかなる場合でも一切認められませんのでご注意下さい。

©KANAE SHIMOKAWA／AMU MEGURO 2018　Printed in Japan
ISBN 978-4-08-680180-5 C0193

集英社オレンジ文庫

謎の男・宇相吹正。人呼んで「不能犯」。

ひずき優 原作／宮月 新・神崎裕也

小説 不能犯 女子高生と電話ボックスの殺し屋

巷で噂の殺し屋に依頼した4人の女子高生の末路とは…？

希多美咲 原作／宮月 新・神崎裕也

映画ノベライズ 不能犯

立証不可能な犯罪に立ち向かう戦慄のサイコサスペンス。

好評発売中

集英社オレンジ文庫

大ヒット映画の感動を小説でもう一度。

山本 瑤 原作／いくえみ綾
映画ノベライズ プリンシパル 恋する私はヒロインですか？

岡本千紘 原作／河原和音
映画ノベライズ 先生！ 、、、好きになってもいいですか？

ひずき優 原作／やまもり三香
映画ノベライズ ひるなかの流星

下川香苗 原作／河原和音 脚本／持地佑季子
映画ノベライズ 青空エール

神埜明美 原作／森本梢子 脚本／金子ありさ
映画ノベライズ 高台家の人々

きりしま志帆 原作／八田鮎子 脚本／まなべゆきこ
映画ノベライズ オオカミ少女と黒王子

神埜明美 原作／アルコ・河原和音 脚本／野木亜紀子
映画ノベライズ 俺物語!!

せひらあやみ 原作／幸田もも子 脚本／吉田恵里香
映画ノベライズ ヒロイン失格

下川香苗 原作／咲坂伊緒 脚本／桑村さや香
映画ノベライズ ストロボ・エッジ

好評発売中
【電子書籍版も配信中 詳しくはこちら→http://ebooks.shueisha.co.jp/orange/】

コバルト文庫　オレンジ文庫

「ノベル大賞」
募集中！

小説の書き手を目指す方を、募集します！

幅広く楽しめるエンターテインメント作品であれば、どんなジャンルでもＯＫ！

恋愛、ファンタジー、コメディ、ミステリ、ホラー、ＳＦ、etc……。

あなたが「面白い！」と思える作品をぶつけてください！

この賞で才能を開花させ、ベストセラー作家の仲間入りを目指してみませんか!?

大賞入選作
正賞の楯と副賞300万円

準大賞入選作
正賞の楯と副賞100万円

佳作入選作
正賞の楯と副賞50万円

【応募原稿枚数】

400字詰め縦書き原稿100〜400枚。


【しめきり】

毎年1月10日（当日消印有効）

【応募資格】

男女・年齢・プロアマ問わず

【入選発表】

オレンジ文庫公式サイト、Webマガジンコバルト、および夏ごろ発売の文庫挟み込みチラシ紙上。入選後は文庫刊行確約!

（その際には、集英社の規定に基づき、印税をお支払いいたします）

【原稿宛先】
〒101-8050　東京都千代田区一ツ橋2-5-10
（株）集英社　コバルト編集部「ノベル大賞」係

※応募に関する詳しい要項およびWebからの応募は
公式サイト（orangebunko.shueisha.co.jp）をご覧ください。